二見文庫

誘惑病棟

嶋 克巳

目次

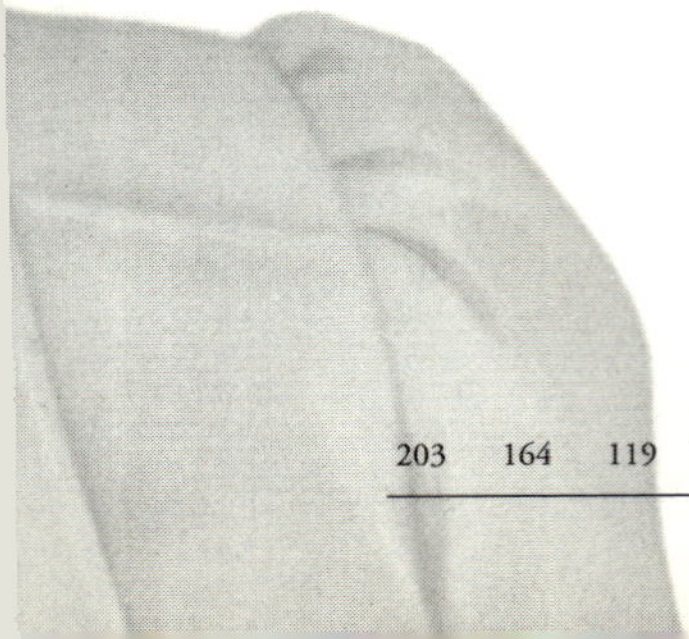

誘惑病棟

第一章　魅惑的な天使たち

1

正人《まさと》が地元の内科クリニックから入院を勧められたのは、梅雨のシーズンも後半にさしかかった頃だった。それから一週間後、やっとのことで病院に行く決心をした彼は、紹介状をたずさえ、タクシーで未知なる世界へと向かったのである。

聖十文字病院は多摩川の河川敷に、その白亜の建物を悠然と横たわらせていた。

正人は厚いガラスの自動ドアを前にして深呼吸をした。

一歩足を踏み出すと、病院という異次元への扉が大きく開けられた。

白衣姿の看護婦たちが、忙しく行き交っている光景が一挙に正人の目の中に飛び込んでくる。

彼女らは、フロアのそこここで車椅子を押していたり、患者を抱き抱えるようにして歩いていたり、医者と立ち話をしていたりした。

正面の長いカウンターの受付に向かって歩き出すと、一人の看護婦が同じ受付のほうにやってきた。

その時である。

持っていたファイルの中から、カルテや伝票らしきものがバサッバサッと正人の足元に落ちた。看護婦は、

「あっ！」

と、声をあげ、慌ててそれを拾おうとしゃがみこんだ。

正人も本能的にしゃがみ、何枚も散らばった書類を拾う手伝いをしようとする。

その時、正人の目に映ったのは、彼女の顔でも書類の文字でもなかった。

白いスカートの中の、白いパンストに包まれた露《あらわ》な太腿《ふともも》と、なんとも柔らかそうな股間、そしてパンストの縦のシームであった。

シームは、ズレも曲線もなく、実にピチッと股間の中央に綺麗に張りついていた。

そしてムチッとした太腿は、それを見る者を挑発しているかのように、あまりに悩ましかった。

（なんて綺麗なんだ……）

純白の衣装に包まれた天使。だが、その天使は純白の衣装の下に魅惑的な肉体を隠している。スカートから伸びる太腿の根元を目で追ってゆくと、その奥は薄黒かった。彼女の白いパンティは前の部分がレースになっていたのでヘアが色濃く浮かび上がっていたのだ。その上の白いパンストは、その色濃さを覆い隠すにはいたらなかった。

正人はただスカートの中を見続けていた。というより、目がそこから離れてくれなかったと言ったほうが正しい。

匂うような〝彼女の秘部〟には、限りない夢想へと彼を誘う深みがあるように正人には感じられた。鳥は初めて見たものを〝親〟と思う。それと同じような〝刷り込み〟を起こさせてしまうほどの大きなインパクトを、正人はそこから受けたのだった。

カウンターで入院申請書に記入を済ませると、制服姿の受付嬢は、

「そこにおかけになってお待ち下さい。今看護婦が迎えにきますから」

と、いくつかの書類の入ったファイルと真新しい診察券を正人に渡した。

純白の股間を目にしたことで〝これから入院する〟という恐怖感も憂鬱感も忘れ、正人は落ち着いた気持ちで受付脇の長椅子に座って待っていた。

五分ぐらいの時間が経っただろうか。

一人の看護婦が正人のところにやってきた。

（あっ、あの彼女だ！）

玄関で衝撃的な出会いをしたばかりのあの〝彼女〟だった。

思わず心が踊ってしまう。

「小泉《こいずみ》正人さん？　あらあ、さっきお目にかかったわね。あの時はありがとう。私あなたのお父様の部下の従姉妹《いとこ》にあたるんですよ。知らなかったでしょ。で『よろしく』って頼まれてますので、入院中のことは私がお世話させてもらいますから」

明るい声だった。

正人はさっきのスカートの中の光景を思い出して赤面しつつ、

「あっ、どうも！」

と、言うのがやっとであった。

エレベーターに乗ると、正人は、彼女の白衣の胸元からのぞくふくよかな谷間に気がいき、話す言葉も失ってしまった。

それでもかろうじて、彼女の胸のネームプレートの名前を読むことはできた。

（相原《あいはら》純子《じゅんこ》かあ。この人は純子さんていうんだ）

あらためて彼女の顔を見た正人は、

（なんて魅力的なんだろう。この人はきっと僕の運命の女性だ。僕らは運命の赤い糸で結ばれているんだ）

と、奇妙な思い込みを持ったのであった。

そして脳裏から彼女の股ぐら像がなかなか消えそうにないことを正人は直感していた。

相原純子は二十七歳。今年から胃腸科主任看護婦になっていた。たて続けに先輩看護婦二人が退職したため、この若さで、ナースキャップに黒線一本というポジションになってしまったようだった。

彼女は愛嬌のある顔立ちをしていた。

面長な輪郭に、目はクリクリと丸く、鼻は小振り、唇は柔らかそうなおちょぼ口。

そして小柄だがバランスのよい体つきをしている。

深く胸元の開いた開襟タイプの白衣は、常日頃見慣れている医者たちですら、ハッとさせられるほどであった。

スカートの裾はあえて膝上のミニ丈に詰めてある。

化粧は看護婦としてはやや濃い。パールピンクの口紅がよく似合っている。髪の毛は長くはないが、軽やかにカットされている。

エレベーターが四階につくと、外科病棟の三人部屋に通された。

これからいろいろな検査を受けて病気を特定してもらうために入院したというのに、いきなり外科の病室に入れられると知った正人は、面食らった。

当惑した正人の表情を見てとった純子は、

「空いてなかったのよ。ごめんなさいね。驚いた？　ここの人は手術を受ける患者さんたちだけど、盲腸とかの軽い人ばかりだから、そんなに気を使わなくていいわ。内科が空いたらそこに移るように手配しますから。とりあえず今はここにいて下さいね」

純子はそう言うと〝これからの病院生活頑張ってね〟と全身で表現しているようなさわやかな笑顔を向けた。

この病院は設備も充実していたし、医者や看護婦の評判も良く人気があったため、患者が多く、満室状態があたりまえだったのである。

病室に入ると、

「小泉正人さんです、よろしく」

と、他の患者に紹介し、彼女は足早に病室を出ていった。

入院の実感がヒシヒシと漂ってきていた。

正人は薄手のカーテンで仕切られた二畳ほどの空間の中で、靴を脱いでベッドの上に乗っかると、早速寝間着に着替える。

パジャマよりガーゼ浴衣の方が患者らしい風情《ふぜい》があったので彼は浴衣を選んだ。

(入院中ぐらい病院らしい恰好をしなくちゃ!)

カーテンは完全に彼のベッドを覆いつくし、なにか小さな個室のようなその密閉感がやけに淫靡に感じられる。

ベッドに横たわり白い天井を見ていると、世間から解放された安楽な気分であった。

さっき、チラリと目にした純子の股間が頭に浮かんだ。

(もしかしたらここは天国なのかもしれない)

正人は、大きく息を吐くと、目をつぶった。

2

この病院は、外科、内科、胃腸科、循環器科、整形外科、泌尿器科などがある、ベッド数約六十の中規模な病院であった。

一階には受付のほか、事務室、売店、薬剤部、外来診察室、地下に食堂や調理室。レントゲン室は三階にまとまっている。手術室は二階。

病室は豪華な特別室はじめ、個室、二人、三人、四人部屋、そして大部屋と分かれている。

ベッドが足らない時は科目が違っても便宜的に空いているベッドに寝かされてしまうこともあった。

「小泉さん、起きてー！　ちょっといろいろ訊かせてもらうわよ。今回ここに入院することになったきっかけと、過去の病歴を話して下さいねー」

看護婦に、サーッとカーテンを開けられる。

(ああ、自分は眠ってしまったんだ)

多分二十分ぐらいのことだろう。

寝ぼけ眼《まなこ》で体を起こすと、ナースキャップに黒線二本の胃腸科婦長・藤野麗子《ふじのれいこ》が、まだ若くてキャピキャピした感じの看護婦・井上《いのうえ》ミサを従えてやってきていた。

「カーテンは、全部閉めちゃわないようにね！　着替えてる時以外は開けておくのよ。じゃないと患者さんたちの様子がわからないから」

結構強い口調の麗子に、「あっ、はい」と返事するのがやっとであった。

麗子は三十八歳。丸顔の美人である。あまり手入れがされていない太く濃い眉が、妙に下半身の毛深さを連想させていた。豊満な胸と、やや太めのムチムチした体つきがあいまって、なんとなく男好きのする雰囲気が漂っていた。

「あら、主任の純子が言ってたけど、あなた、なかなか可愛いじゃない！」

麗子がそう言うと、ミサは、

「ええ。本当にそうですね。婦長のタイプじゃないですか」

と、返事をした。

「こら、余計なこと言わないの」

若い子好きな麗子は、顔をやや紅潮させながら話す。

「あなた、この病院で看護婦たちの人気者になっちゃうかもね！」

仕事の上で必要最低限の会話しかしないと思っていた看護婦、それも婦長が、のっけから軽口をたたくのでむしろ正人はホッとしたものである。

物言いがダイレクトで怖い感じのする婦長なのだが、ナースキャップのピン止めがミッキーマウスなどの可愛いキャラクターであるのが、黒い二本線に対してアンバランスでおかしかった。

「院長とあなたのお父さんが知り合いなんですってねえ。とにかく私、院長から『頼むよ』って言われてるんで、困ったことがあったらなんでも言ってね」

麗子はそう言いながら、ミサに体や病状について問う〝アナムネーゼ〟の続きと、実際に脈や血圧を計るなどの〝ヴァイタルチェック〟をやらせる。

ミサは、正人の手首をいきなりつかみ、脈を取りだした。その所作があまりに自然だったので正人は驚いた。

彼女の温かい体温が伝わる。

腕時計を見ているミサの顔を正人はじっと見入った。

とりわけ、形のよい唇のあたりを、舐めるようにして見つめていた。

(ああ、この人も綺麗だ。白衣も清潔で。スカートの中はやっぱり純白なんだろうか)

考えただけでも生唾がこみ上げてくる感じであった。

続いて血圧を測定する。

「私の弟の名前も『雅人《まさと》』って言うのよ。字が違うけど。これからは『正人君』て呼ぼうかなあ」

麗子がそう言うと、ミサが、

「呼びやすい名前ですね」

と相槌を打つ。正人はなんと返事してよいのかもわからず。あっけにとられていた。

「上が百三十、下が八十」

「問題ないわね。じゃあ、後はミサ、お願いね」

こうして麗子は、後のことをミサに託すと、部屋を出ていったのである。

正人はミサの質問に応じ、訊かれるままに病状やここに来たいきさつ、病歴を話していった。


正人の父親はここの病院長と古くからの親友であった。今回、病院長の計《はか》らいで正人の入院がすんなり決まった。

「だいたいそんなにあっちもこっちも悪くなる時は、神経性のものであることが多いんですがね。もう夏休みだし、まあ、時間をかけていろいろな検査をして、休養をかねて寛《くつろ》いだらよいでしょう。とくに地元のお医者さんが肺に影があるというんじゃや、なおのことですな」

病院長は父親にこう言い、入院を勧めたのであった。

その上、幸いなことに、正人の父親の部下の従姉妹にあたる相原純子がこの病院で看護婦をしているということもあり、事は迅速に運んだ。繋がりがひとつでも多くあったほうが入院中は何かと安心なものである。

正人は、都内の音楽大学付属高校の二年生。〝付属〟ということもあり、のらりくらりとした学園生活を送っていた。

神奈川県に自宅がある正人は、家から通おうと思えばいくらでも通えた。しかしそこは金持ちのボンボン息子。建設ラッシュのご時世を反映して、父親の会社が羽振り良くなっていたのをいいことに、父親に頼んで、東京は大久保にマンションを買ってもらって一人で住んでいる。彼のマンションにほど近いところに兄の家もあり、食事はそこでとったり、繁華街ゆえ外食する場所にも事欠かなかった。

正人にはしっかり者の兄貴が二人もいたため、末っ子の正人に父親は期待などしていず、ひたすら可愛いや可愛いで自由自在な生活をさせていた。このたびの入院にしても、末っ子の甘えの特権をとことん貪《むさぼ》ることになったのである。

近年は手術をしたとしても退院までの日数は大幅に短縮され、欧米並みになってきているので、入院が長引くなどということは考えづらかった。検査が、かりに一日に一つぐらいという、のんびりしたペースだとしても、一カ月以上の入院はありえないと思われた。

しかし一方で、地元内科でのレントゲン検査の結果、肺にとても小さいのだが影があると言われたことや、舌の痺《しび》れ、胃の慢性的なもたれ、突然の腹痛や下痢など、症状が結構多いということもあり、もしかしたらすべての器官が悪く、多くの検査が必要なのでは、という予想もしていた。

しかし正人は、こうして入院してみると、病院というところは、最初イメージしていた沈鬱《ちんうつ》な世界とは違い、案外楽しい所のような気がして、じっくりここに腰をすえようという気持ちにさえさせられていたのだった。

3

初入院の正人は、物珍しさも手伝って、さっそく院内を徘徊してみることにした。

歩いていると給湯室のところから若い看護婦たちの会話が聞こえてきた。

「ねえねえ聞いて、三〇八号室の、あのクランケ。あきれたわよ。ナースコールがかかってきて『尿瓶《しびん》を割っちゃったんです！』とか言ってるからあわてて行ったら、下半身丸だしなのよ。『どうしたの？』って聞いてもヘラヘラしていて、答えないのよ。どうやら、オナニーしていて出そうになってあわてて尿瓶をあてようと思ったら手を滑らせて落としちゃったみたいなの。ったくもう。アイツ、前からへんなやつだと思ってたのよね」

「拭いてあげた？」

「やあよ、そんなの。自分でしたらいいじゃないの。割れた瓶は掃除してあげたけどね」

「あんた、そう言いつつもあのクランケに呼ばれると結構嬉しいんじゃないの？」

「そんなことないわ」

（そんなことするやつもいるんだ。もしかしたら病院の中は意外と途方もないことがあちこちで起こっているんじゃないだろうか？）

確かに看護婦が好色だという話は聞いたことがあった。また病院によっては、人間関係がかなり発展的だとも、週刊誌で読んだことがあった。でも、それはあくまでも男たちが作り出した妄想の世界の話だと思っていた。それだけに実際耳にする彼女たちの〝下の話〟は、今まで持っていた白衣の天使、聖なるナイチンゲールのイメージを覆《くつがえ》すに足るものであったのだ。

「あんたの話なんかいいほうよ。この前なんか、尿管を抜かなければいけないっていう時に、ギュッといっきに引っ張り出したら、顔におしっこがバッとかかっちゃって。白衣がビショビショよ」

「それどうした？」

「そのままよ。チョッチョッと拭いて仕事してたわよ」

給湯室での会話を盗み聞きしていた正人は、明るい笑顔で突然出てきた三人にあわてて、その場を離れた。

正人はあたかも刑事の見張りさながらに壁から片目だけ出して、三人の後ろ姿を見送ると、自分の中になんとも悩ましい妄想が広がりつつあるのを感じた。

(ああ、みんな白衣が透けている。ブラもパンティも見えている。なんてことだ。地元の内科の看護婦が着ていた白衣よりも、お洒落で生地が薄い！)

事実、ここの病院の白衣は、よくよく見ると、ブラジャーのみならず、パンティのラインまでわかるほどに薄めの生地であったのだ。お尻の小振りな看護婦は透け方があまり顕著ではなかったが、それでも、ひとたびかがもうものなら、パンティの色や形まではっきりしてしまうほどであった。

正人は廊下で出会う看護婦の容貌や体つきを、相手にわからないように気をつけながら観察した。

(どんな顔の看護婦さんが、どんなパンティを穿いているんだろうか？)

彼は必ず振り返って、彼女らの後ろ姿を性的好奇心のかたまりの目で見た。

ひたすら廊下をウロついている正人の顔は、どう見ても病人のそれではなかった。

4

正人の入院は三日目に入っていた。

採血、採尿、心電図、超音波、胸のレントゲン撮影などが終わり、地元の医院で言われていた胸の影も、ここの病院では今の時点では所見が出ず、経過観察ということで、とにかく静養に努めることになった。

彼が病院の中を探訪している間に、看護婦が彼の病室を訪れたようだった。ベッドの上に、『ちゃんと病室にいて下さい』と書かれた紙が置いてあった。

それだけではない。ベッドの上の食事用テーブルに、トレイごと看護婦の忘れ物があった。正人は、その中の物をいろいろ見ているうちに、ディスポーザブル手袋という半透明な手袋に興味を持った。

病院で使われている看護用具や医療機器の中には、ドキッとしてしまうような妖しい気な物がある。彼は、そういう物の使い道などをアレコレ想像するのが楽しかったのだが、それは何に使うのかわからなかった。

彼はそれを最初、指で摘んで光に透かして見たり、空気を吹き込んでみたりしていたのだが、やがて指を差し込み、鼻や耳を挟んでは撫でさすってみた。

しかしそういう使い方ではないことに気がついた彼は、浴衣の前をはだけると、ビキニブリーフの中に入れ、お尻のあたりに指ごとあててみた。

(これはきっと、肛門とか女の人のアソコに指入れる時に使うんじゃないのかなあ。それとも、まさか前のほうを……)

正人は今度はペニスを挟んでいじりだした。

その時である。あたかも見ていたかのようなタイミングで麗子がやってきた。

「ここに忘れ物なかったかしら?」

あまりに突然のことで、ブリーフから手を抜いた正人は、手袋をブリーフの中に残してしまった。

「ねえ、その前のとこの膨らみはなぁに?」

Sサイズのブリーフはピタッと貼りついていて、普段からペニスの形まではっきり分かる。そこにさらに何かが入れば、当然不自然なモコつきが目につくことになる。

麗子に見破られてしまった正人に、言い訳の言葉などなかった。

どっと額に脂汗をかく。

「ちょっとそれ、もしかしたら、私が忘れていったものじゃないの？」

「そんなことありません」

布団をあわててかけようとしたのだが、麗子に遮られてしまう。

浴衣がはだけ、ピチピチのブリーフの前が不自然にふくらんでいるのを見れば、何かをそこに隠しているのは一目瞭然であった。

麗子はやや険しい顔をして、浴衣の前を押さえている正人の手を強引にはずさせようとし、力を込める。

浴衣の前が割れると彼女の手がブリーフのほうに伸びる。

「こら、返しなさい」

正人の小さなビキニブリーフは、ヘアが隠れるギリギリの丈しかなかったため、あっという間に麗子の手の侵入を許してしまった。

正人は麗子の手を押さえて抵抗するものの、無駄だった。

手袋はちょうどペニスを挟むようにして、絡まっていた。

手袋ごとむんずと掴まれてしまった正人のペニスは、引っ張られた弾みで上を向き、小さなブリーフの中で反り返ってしまう。

「それ、いるのよ。大事なお仕事の道具なんだから」

そう言われてしまっては、もはや彼には、なす術《すべ》はなかった。

手袋がブリーフの中から抜き取られると、

「ほぉら、あったじゃなぁい。入院中にいったいなんなの？　看護用具や機器には触っちゃだめよ。ほんとに困った子なんだから」

麗子は何事もなかったかのようにあっさり言ったが、正人には、それを見つけられてしまったことより、ペニスを摑まれてしまったことのほうが衝撃的だった。

（看護婦にとって、体を触るなんてあたりまえのことなのか？）

麗子が去った後も、正人の心臓はいたずらに高鳴っていた。

5

病院内は歩けば歩いただけ面白いことに遭遇《そうぐう》するように思えた。あらゆることが興味深かった。「採尿室」という言葉も好奇心をそそったし、尿瓶も男物だけでなく女物もあることを知ってワクワクしたものだった。

正人の病室がある四階の奥には職員用の女子トイレがあった。

何気なく通りすぎようとした時、中に人気《ひとけ》が感じられる。

思わず足を止めてしまう正人。

あたりを見回して人がいないことを確かめると、つい、彼は音のする個室の前に行ってしまい、耳をそば立てた。

「オシッコしちゃってごらん」

「そんなこと言ったって。麗子さんがそこ触ってたら出ません」

「クリちゃんとオシッコが出るとこは別じゃない」

「でも気がそっちにいっちゃうんです」

正人は愕然とした。個室トイレに二人の女が入っている！　彼は興奮のあまり、こめかみのあたりがズキズキと痛みだしていた。

やがてチョロチョロと排尿音がする。続いてシュルシュル……チャポチャポチャポという水音が正人の鼓膜を刺激した。

やがてそれが終わるとニチャッ、ニチャッという、指が何か濡れた部分をなぞるような音がした。

「純子はいやらしい子ね。ほら、ここ、こんなに！　オシッコだけじゃあ、こんなヌルつかないわよね」

「ああん、だめです。そんな下のほう、いじりながら胸まで触るなんて……」

衣擦《きぬず》れの音がする。クチュックチュッという音も続く。

正人は中の会話から純子と麗子であることがわかり、ショックを受けた。

(どういうことなんだ、これは！)

正人は中の光景を頭の中でひたすら想像していた。

(洋式便器に座っている純子に対して、婦長がオシッコをさせた後、体を触っている……そうに違いない！)

「そのままパンティを穿いちゃいなさい」

「いやです。それするとビショビショで後で冷たくなっちゃう」

「いいから、早く！　もうお仕事に戻らないとならないんだから」

ガサガサと無理やりパンティとパンストを穿かせられているようだった。

「ああ、いや！」

それから間もなくして、カタンとレバーを動かす音がした。ザバーッという水音。

正人はあわててトイレを出ると、廊下に置いてあったストレッチャーの陰に隠れ、中から出てくる人を自分の目で見届けようとした。

出てきたのは、やはり純子と麗子だった。幸い、正人の隠れているほうに目をやることもなく二人はそこから遠ざかった。

（二人はレズだったのか!?　純子さんが婦長にあんなことされているなんて。おまけに僕は純子さんのオシッコの音まで聞いてしまった。同室の他の患者は知るまい。医者だってこんなことは知らないだろう。僕だけが知っている秘密か……）

正人は複雑な気持ちでいっぱいだった。

そして、病室に戻っても、いつまでも二人のやりとりと、純子の排尿音が頭の中に鳴り響いていた。

6

と、その時、ナースサンダルの音がし、その〝まさかの純子〟が入ってきた。

しかし、〝自分の所へ来た〟と正人が思ったのは間違いだった。

彼女は正人の隣の患者に対して、

「剃毛《ていもう》しますから……」

と声をかけると、カーテンをサーっと一気に引いてしまった。カーテンの中は二人きりのはずである。

正人は体を起こし、隣をカーテン越しに見ようとするが、薄手ではあっても透き通ってはいないので、何も見えはしない。

「コレ取って下さい」

シーンとしている。微かな衣擦れの音。

「コレも膝まで下げて」

(理髪店で使うようなシェービング用器を持って入ったということは、髭に対してすることをアソコのヘアに対してするということなのか?)

正人は耳をいっそうカーテンに近づける。

カタカタカタという何かをかき回している音。

ブクブクと泡立つような音。

それからジジリっという刃がヘアをそぎ落としていくような音。

(純子さんは隣の男のアレを今、触って、握って、摘んで……しているのか? そんなぁ……)

堪え難い感覚が押し寄せてきていた。

ジリッ、ジリッという音が続く。

「ちょっと失礼しますね。裏側の根元のとこも剃らないとならないんで……。結構毛深いのね」

いやらしい言葉だった。

(そんな言葉をあの天使のような純子さんが口にするなんて……)

正人は息が詰まる思いがした。

(たしか隣の患者は若い男だ。彼女によって下着を脱がされ、アソコを握られ、毛剃りをされているとすると……)

正人の危惧は的中した。

「あらあら、元気ね」

(ああ、やっぱり……)

「ハハ、こんなになっちゃったら、剃りづらいわよ」

(どんなになっているというんだ)

いたたまれない気持ちになった正人は、カーテンの下にわずかに覗いている純子の白いストッキングに包まれたふくらはぎを、顔を近づけるようにして見回した。

ナースサンダルを穿いているその足元も、指の一本一本まで観察した。

今にも女そのものが匂ってきそうだった。純子にペニスを摘まれる感触を想像しているうちに正人のブリーフの前はもり上がってきていた。

ベッドの上でほとんど立ち膝をしてしまっている彼はいつしか浴衣をはだけさせ、

そのすでに膨張してきている肉塊をブリーフごしに揉みしだきだしていた。

「袋の方も一応全部剃っちゃいますからね」

ジリッジリッという音と、純子と患者の微かな息遣い。

カーテンの中から、猥雑な雰囲気が正人にじっくり伝わってきていた。

正人は、彼女が男の恥骨部分のみならず、ペニスの根元、裏側、さらに玉袋のあたりのヘアまで剃りあげるのを十分連想することができた。

こうして何分かが過ぎ、

「はい、いいわよ。コレ戻して」

「なんか子供みたいになんにもなくなっちゃっている」

「下腹のオペの場合はね、どうしても全部剃らないとだめなのよ」

どうやら終わったようだった。

正人はあわてて、布団をかけ、寝たふりをした。

サーッと隣のカーテンが開けられ、シェービング用具と、剃り終えてベチャベチャのヘアが乗せられているトレイを持った純子が、上気した面持ちで病室を出ていった。

(仕事なんだ。こんなエッチなことが……)

溜め息が出る。

正人はいたたまれなくなり、すでに硬直していたペニスを押さえつけながらも、病室を出た。

気持ちを鎮めようとしたつもりだったが、廊下を行き交う看護婦の姿を見るにつけ、結局は、悶々とした気持ちが助長されるだけであった。

7

病院の夜は早い。

九時の消灯の時間が近づくと、正人は退屈で仕方がなかった。

その上、昼間のことで頭がいっぱいで眠れなかった。

(小学生だってこんな早くに寝やしない。隣のやつなんか、昼間純子さんにアソコ触られて、夜は睡眠剤もらって、早くも夢の中だ。とってもやりきれない)

正人は何度も寝返りを打った。

大きな窓からは、多摩川を挟んで反対岸のビルの様々な明かりが、あたかも万華鏡のように眩《まばゆ》くカラフルに輝いていた。陸橋には無数の車が行き交っている。

美しいパノラマが目前に広がっているにもかかわらず、気持ちは悶々としていた。

他の患者の寝息が、冴えた正人の耳に聞こえてくる。

室内の電気が消されてから、三十分以上が経っているにもかかわらず、依然として眠りは訪れそうになかった。

(ナースコールでもしてみようかなあ)

正人は枕元のナースコールのブザーを押す。

「どうしましたか?」

「あのう、眠れないんです」

(ブザー一つで女がすぐ来てくれる。家にいたら、こんなことは考えられない)

やってきた看護婦は、その日の夜勤をしている井上ミサだった。

入院早々、麗子婦長とともにやってきて、病状を聞いてくれた人だ。

病院の中では若い方で二十三歳。やや細身でスラっとして、どちらかといえば、今風のイケイケタイプである。

純子が「プロポーションが良く、いい意味でセクシーなタイプ」で、麗子婦長が「豊満な胸と毛深さでフェロモンを常時ムンムンと発散しているタイプ」だとすれば、そのいずれとも異なる、なんともさわやかな雰囲気の看護婦であった。

「昼間、運動とか疲れるようなことをしているわけじゃないから、眠れないのも無理ないわけね。本なんか読んでみた？」

「さっきまで読んでたんですけど、目が疲れるだけで……」

「じゃあ、睡眠剤使ってみる？」

正人が「お願いします」と言うか言わないかのうちに、ミサはナースステーションに薬を取りにいった。そして数分後、正人は、

「これ、今飲んでみてー」

と、カプセルに入った薬を渡された。

彼はさっそくそれを服《の》み、布団に潜ってはみたものの、やはり寝つけないことには変わりなかった。

（だめだ。昼間のことが頭から離れない）

こうしている間にも、正人は抑えがたい欲求に促されるまま、その右手を股間にもっていって動かし始めていた。

（「疲れること」といったらこれしかないじゃないか）

正人は、すでに膨らんできている陰茎をじかに握ると、ピストン運動を開始した。

そして、純子の柔らかそうな股間に挟まれて、息ができなくされてしまうシーンや、麗子婦長に、以前陰茎を掴まれてしまった続きで、そのまま揉みしだかれてしまうシ

ーンなどを連想して、肉棒をしごき続けた。

正人は、看護婦による九時の「ラウンド」、つまり見回りがすんでいることからしても、ミサが自分のところにもう一度顔を出すということは、ありえないと思っていた。

しかし、彼女は十分後に懐中電灯を片手に、再び正人の部屋を訪れたのだ。

カーテンは「昼も夜も全部引いてしまわないように」と言われていたこともあり、あえて二十センチぐらい開けていたので、簡単に第三者の目が入ってきてしまう。

正人は布団を足元の方に追いやり、浴衣の前を思いきりはだけさせ、ブリーフも膝のあたりまで下げ、体と垂直にその若い肉塊を天に向けてつっ立たせていたのだ。

そして、はぁはぁと呼吸が大きくなってきたその時、正人の肉ロケットに懐中電灯の光が当てられてしまった。

「わあっ……」

正人は驚き、布団をかけようとしたが、足元にあるそれには手が届かない。

すっかり高まってきていた正人はあわてまくった。

しかし、光の方向は変えられることなく、雄々しく屹立する陰茎がいつまでも照らされていた。

その瞬間、正人もミサも、互いに固まってしまっていた。

このすべての静止状態は、正人にはあまりにも永く感じられた。

「ま、正人君、何やっているの!?」

正人の顔に光が当てられる。

正人の気持ちは複雑であった。こんな病院の中でオナニーなんかしてすみません、という気持ちと、このパンパンにはち切れている物をなんとかして！　という気持ち。そして、この恥ずかしい事態をなんとか穏便《おんびん》に乗り切りたい、という気持ちが交錯していた。

（お、お願い……）

という嘆願の顔を正人はミサに向けていた。

しかしこうした中にあっても、ペニスは硬直し続け、ビクンビクンと脈打っている。

「す、すみません。我慢できなくて」

「わ、私、まさか正人君がこんなことしてると思わなかった」

「ごめんなさい」

「しまいなさいよ」

「は、はい。でもこんなじゃあ……」

事実、硬直したそれは正人の小さなビキニブリーフに収まるような大きさではなかった。

彼はブリーフを持ち上げたものの、どうやっても収まらない。

しばしの沈黙の後、思いもかけない出来事が起きた。

正人の切ないまでの欲望に同情してくれたのだろうか、ミサは、正人のベッドに座ると、咄嗟に、その限界の肉茎を手でそっと握り、ゆるやかに動かしてきたのだ。

信じられない行為だった。

「あっ、そんな」

(ミサさんが僕のおちんちんを握ってくれている)

ミサは「何も言わなくていいのよ」という目をしながら、正人の激しくつっ勃《た》った肉棒に上下運動を施した。

ミサの手が小さく見えるほど、肉茎は怖いまでに膨張している。

亀頭のすぐ下の三角襞に親指を当て、反対側から人差し指と中指をそえてクリクリと愛撫をされると、それまで正人の鈴口を潤ませていた透明な粘液が溢れ出し、ツーッと一筋、茎を伝ったかと思うと、ミサの親指を濡らした。

オナニーの段階でも際どい状態だったわけだから、彼女の指の動きはもうこれだけで十分すぎるほどのものであった。

ミサにもそれはわかっていたはずだ。しかし彼女は指の動きをやめずに、カリ首をキュッと締め上げては、緩めた。そして指の腹で鈴口からの粘液を亀頭全体に塗りつけ、さらに三角地帯にまで引き伸ばすと、ピストン運動を少しずつ早めていった。

正人は、あっという間に頂点に近づいていった。

「ああ、もう出ちゃいそうです」

「いいわよ。溜まっているのね。イっちゃって！」

ミサの細く華奢な指の動きが早まる。

正人のカリ首は紫だち、もはや耐えられる状態にはなかった。

「うっ、うっ」

と、彼は声をあげ、こみ上がってくる熱いカルピスをピュッピュッと勢いよく排出してしまった。

「はあああ……」

臍の上のあたりにまで飛散した精液からは、栗の花の匂いが強く放たれている。カーテンで覆われているだけに、その匂いはその狭い空間に充満した。

欲望を吐き出したものの、正人の頭の中は真っ白になっていた。

「いっぱい出たわねえ」

感心したようにそう言うと、ミサは正人の腹部と陰茎を、枕元のティッシュで看護婦らしい手際の良さで拭いていった。

柔らかくなってきた陰茎を摑むと、ギュッと絞るようにし、尿道口から最後の一滴を絞り出させた。それを丁寧に拭き取ると、シーツの上に丸められたティッシュをすべてベッド下のゴミ箱に入れる。

「私、正人君がオナニーしてるのを見た時、看護学校時代のこと思い出したのよ。成人看護の授業の中で、前立腺なんかの二次的病気の予防のためにも性は発散させるべき、と教わってね……」

照れくさそうにミサは言う。

そして、

「他の看護婦には内緒よ。特に純子さんには言っちゃだめ。あの人、正人君に好意を持っているみたいだし……。あと婦長にも秘密よ。ああ見えても結構怖いんだから。私たちの世界って、婦長が絶対なの。機嫌なんかそこねさせたら、それこそ大変」

と話すと、ブリーフを上げてくれ、浴衣までピシッと整えてくれたのだった。

足元で丸まってしまっている布団を体にかける姿は、もはや介護以外の何ものでもなかった。

「もう今夜はナースコール押しちゃだめよ」

正人はコクリとうなずく。

ミサは「じゃあね」というしぐさをして、足早に去っていった。

隣の男のカーテンの中からは相変わらず鼾《いびき》が聞こえていた。同室のもう一人の患者も消灯前から鼾をかいていたので、今起きた出来事は正人とミサの間での、まさに秘《ひ》めごとだったのである。

ほどよい気怠さに包まれた正人は、あっという間に眠りに落ちていった。

8

まだウトウトとしていた正人の枕元にミサが体温計を持ってきた。

朝の六時だった。

体温を計りながら、窓の外に広がる雄大な眺めを見るともなしに見ていた正人には、昨夜のことが夢のように思えていた。

多摩川がゆっくりと流れている。外は心持ち風があるように見えた。

ミサが再び現われ、

「お熱は?」

正人は腋の下にはさんでいた体温計を取り出すと、ミサに渡した。

「六度二分ね。はい、脈を見せて」

正人の手首を掴むと、時計を真剣な顔で見つめる。

昨夜のことなど忘れているのか、忘れたふりをしているのか、ミサはてきぱきと事務的に作業を進めていく。

ベッドに寝ている姿勢から見る白衣の女は、あらゆることをしてくれる優しい天使のように思えた。呼吸するたびにミサの胸元が微かに膨らむ。

(ああ、この人は入院早々に、僕のオチンチンを治療してくれたんだ!)

正人は、ついよこしまな発想をしてしまった。

「オシッコとお通じは何回?」

はっとして彼女の目を見る。

(その質問は僕のほうこそしたい! ミサさんだってオシッコするじゃないか?)

正人はミサがトイレに入るところを想像していた。

白衣のスカートをたくしあげて、パンストもパンティも膝まで下げる。

それからしゃがんで……。

「何回？　って聞いているのよ」

やや声高に言われ、我に返った正人は、

「あっ、小六回と、大一回です」

そう答える声はうわずっていた。

ミサは、これらの数字を記録用紙である「温度板」に書き込むと、隣の男のところに移っていこうとするので、思わず彼女の手首を握ってみた。

「なあに、どうしたの？」

「いえ、あの、脈ってどうなってるのかなって。僕もやってみたくなって」

「今度教えてあげるわね」

「あっ、それから昨日はすみませんでした」

ミサは聞こえているのかいないのかわからない感じで、隣のカーテンの中に入っていった。

正人は、隣の男の脈を取っている彼女の後ろ姿をくまなく観察した。

白衣の下にブラジャーのホックがはっきり透けている。そして少しでもかがむとパンティラインがくっきり浮き出るのは純子もミサも同じだ。

(昨日は夜勤だから、夕方から穿いてるとなると、もう十二時間穿いていることになる。きっと汚れてきているに違いない)

ここの病院は準夜勤がなく、八時から十七時までの日勤と、十七時から八時までの夜勤という、二交替シフトのローテーションが組まれていた。

正人はいつの間にか白衣と〝白という色そのもの〟の虜になっていた。

(長いこと穿いているとその純白が汚れていってしまう)

そんなことにも余計な心配を馳《は》せるようになっていた。

白衣は何日おきに取り替えるのだろうか？　パンティは一回穿くとどのぐらい汚してしまうのだろうか？　と、興味はつきなかった。

ミサが病室を出ていくと、正人は名残り惜しそうに、いつまでもその後ろ姿を見送っていた。

第二章　真夜中の特別看護

1

入院してから一週間が過ぎようとしていた。

正人への検査は少しずつ二次検査の様相を呈してきていた。

さすがに医療機器が凄味を増して、さしもの正人もその見慣れない形態と、そのものものしさに不安感を抱くようになっていた。

CT検査では、ガントリーという大きな円筒形の穴の中に、ベッドがスライドして入っていくので、正人は自分が人造人間にでも改造されてしまうのではないかと、恐怖感すら起こさせられたものであった。

それでも検査自体のテンポはのんびりとしたもので、二日に一つがいいところである。その他のほとんどの時間はベッドの上か、病院内をブラブラしている状態であった。

正人は、まさに三食昼寝つきの寛いだ日々を過ごしていたのだ。規則的な生活リズム、栄養管理された食事……これといったストレスもない。

どんな病気を持っていてもこういう生活をしていれば、それだけで、数日のうちにすべて全快となってしまいそうだった。

看護婦たちは折りに触れ、正人のベッドにも顔をよく出した。

完全看護なので身の回りの世話をしてもらえるのはあたりまえにもかかわらず、正人はそれを自分への好意だと履き違えてしまうこともあった。ことに他の患者よりも優しく丁寧に自分の面倒をみてくれる看護婦に会うと、自分に気があるのではないかと勘違いを起こしてしまうほどであった。

次第に病院に馴染んできていた正人は、当分ここで生活を続けていきたいと思うようになっていた。看護婦たちの明るさも、正人の気持ちを幸せなものにしていた。

その日も看護婦たちはシーツ交換をしながら無駄口を叩いていた。

「ねえねえ、病院ってどこも怪奇現象があるじゃない。幽霊が出るって知ってる?」

「それはそうよ。苦しんでこの世に未練残したまま亡くなっていく人が多いんだから、そういう病室って、よく霊が出るのよ」

「ちょっと先輩。やめて下さい、そういう話。私夜勤できなくなっちゃいます」

「そういえば、一番奥の四〇五号室、あそこは面会謝絶のクランケばかり入るじゃない。でもたしかにもう亡くなった後で、誰もいないはずなのにウーンウーンて苦しそうな女の人の声がする時があるのよね」

「や、やめてよ、もう」

そんな話をしている看護婦たちの会話に聞き耳を立てていると、正人の興味はつきなかった。

昼間、興味深い話を耳にすればするほど、夜の早い時間からそれが気になってしまうことも確かであった。

「そういえば、四〇五だけじゃないわ。二階の一番奥のレントゲン室やこの階の特別室からも、深夜女の人の泣き声が聞こえたんですって。主任が言ってましたよー」

そう話すのは若い新入りの川口千里《かわぐちちさと》であった。

正看護婦になりたての彼女はまだナースキャップが板につかないといった感じで、そのしぐさや言葉使いにも子供っぽさを残していた。正人の目には、千里が自分と同じように、まだ性経験などない清純な看護婦に映っていた。

「特別室に誰も入院してない時のことですって？　私もレントゲン室からの声ってのは、聞いたことあるのよ。怖いからそれ以上は近寄らなかったけど」

別な看護婦が相槌をうつ。

正人は、はなから、病院で幽霊が出るなどという話は信じる気になれなかった。

(なんなら僕が調べにいってあげようか)

喉のすぐそこまでそういう言葉が出かかっていた。

その日もいつも通り、六時に夕食。九時消灯。それから寝つくまでの時間は相変わらず長く感じた。そのため看護婦たちのそんな話は、夜が退屈で仕方がなかった正人にはありがたい話だった。

(また一つ、探訪の場所ができた)


いったん眠りについた正人が目を覚ましたのは、深夜の三時だった。

いつの間にか雨になっていて、窓に雨粒が降りかかっていた。

(トイレにでも行こうか)

夜の病院は静まりかえっていた。廊下にまでは雨音は聞こえてこない。

ナースステーションの前に来ると、千里が中で看護日誌をつけている。

正人は用もないのに、彼女に、

「あのう、眠れなくて」

と声をかけてみる。

「睡眠剤でも出してくれると嬉しいんだけどなあ」

「あら。こんな真夜中にどうしたの。昼間に眠りすぎてるんじゃないの？　それだったら睡眠剤なんて、あげないわよ」

ややや眠そうな目を擦りながらそう言うと、また看護日誌に目を落とした。

「一人なんですか？」

もう一声お邪魔をしてみる。

「ううん。井上ミサさんと一緒。今、彼女は仮眠室。あと二時間ぐらいしたら交替するの。あなたもベッドで目をつぶっていればそのうち眠くなるわよ。それとも、本でも読んでいたら」

そう言うと笑顔を向けた。

正人はそこから立ち去り、深夜の病院内の徘徊もまた良しとばかり、よその階にまで降りてみることにした。

一階は外来である。当直医も一人いるはずだった。

しかし一階には別の看護婦が一人いたものの、当直医の姿はなかった。

正人は外来受付のボードから今夜の当直医が山田俊介《やまだしゅんすけ》であることを知った。

正人は自分の階に戻ってくると、

(ミサさんは本当に仮眠をとっているんだろうか?)

と気になりだした。

「仮眠室」という場所への関心も手伝って、彼はキョロキョロとその部屋を探し始めたのである。それはナースステーションのちょうど裏側の奥まった静かなところにあった。

しかし何やら中から「ううん、ううん」という声がする。

正人は、昼間看護婦たちが話していた幽霊かと、好奇心とかすかな恐怖が湧き起こるのを覚えた。

しかし、その声は、幽霊にしてはやけに悩ましいものである。

耳をそばだてると、男と女の声のようでもあった。

ドアの前まで来ると、

「先生、私仮眠をとろうと思ってここにきたのに、だめですって、そんなことしちゃ」

「だって可愛いくて可愛くて。君がこの病院にやってきて、初めて見た時からずっと欲しかったんだ」

「いけません。そんないくらなんでも病院の中じゃ。ああん、いや」

「大丈夫だよ。こんな奥まったところにある部屋だから声も漏れないし、誰にも気づかれやしない。君の今夜の相棒ナースだって仮眠中の君を起こしにはこないだろう。僕だって急患がこない限り暇なんだ」

「先生、エッチ、そんなとこ……」

「君は僕の気持ちをわかっているだろう。だからこそ君にお金だって貸したんだし」

「それとこれとは……」

正人はその場に釘付けになってしまった。

(いったい誰だろう?)

正人は中の様子を見たくて見たくて仕方がなかった。ノブに手をかけたものの、回す勇気が出てこない。

「先生、だめ。中に手を入れちゃ。白衣の上からにして下さい。それだって十分感じちゃっているんですから」

「大丈夫だよ。仮眠室で白衣脱いで寝てたからって誰がとがめるんだい?」

「そうじゃないですけど。もし他のナースが来たら……」

「ほら耳の中も、こうやって」

「ああ、そういうの、だめ……、そこ弱いのよぉ」

正人は抑えきれず細心の注意を払って、ドアのノブを ゆっくり静かに回してしまった。

微かに隙間ができた。

天井の蛍光灯はしっかりついたままのその部屋は畳部屋だった。

足をドアの方向に向けてあお向けに寝かされている看護婦の体を、その横に寝て愛撫している大柄な医者の姿があった。

残念なことに二人の顔はよく見えない。

「僕は君の白衣姿が好きでね。似合うんだよ。誰よりも」

胸元のボタンが外され、そこに手を差し入れられている。

「可愛いブラジャーだ。フロントホックだなんて、あたかも待ってましたといわんばかりじゃないか」

「そんなことは……」

いとも簡単にホックをはずすと、乳房が露《あらわ》になった。

廊下のほうが薄暗いので彼等からは正人の姿を気づかれることはなかった。それ以前に二人は自分たちの世界に入り込んでいた。

なんとも瑞々しい乳首はすでに勃ってしまっていた。

白衣の男は、褐色の太い指で、そのピンクの小振りの乳首を摘んだりつついたりし、ときおり大きく乳房全体を押し揉んだりしている。

さほど大きくないが整った形のそれは、揉まれるたびに形を歪める。

「ううん。いやあ」

耳朶《みみたぶ》に舌が這い回り、やがて耳穴に入り込む。

「ああん」

「君は耳がウイークポイントなんだね。だったらもっとここを責めてあげるよ」

「だめです山田先生」

(やっぱり〝山田〟だ。受付ボードに書いてあったとおりだ。でも相手の看護婦さんは誰？　まさかミサさん？)

山田の指先は手術もするその器用さで乳首をクリクリと回している。

「ううん、ううん」

妖しい声が漏れる。

やがて、白衣のおなかのあたりを撫でさすり、じらすようにしてまた胸元へ手が戻っていく。

「ああ、やめてぇ。声が出ちゃう」

「だいじょうぶ。皆寝ているから……柔らかい体だ。僕はこのぐらいの小さめの乳房が大好きなんだ」

山田は舌を柔らかいナメクジのように動かし、彼女の耳全体が唾液でビッショリになるほど舐め回す。

「たまらないわ……」

「さあ、だんだん手が下がってきちゃったけどいいかなぁ？」

「だめよォ。そんな」

ツツツーッと下腹にまで降りてきたその逞しい大きな手は、ちょうど彼女の下腹部の丘のあたりで止まり、そこで優しく円を描くようにして愛撫しだす。

やがて腿のほうに下がっていったかと思うと、また上がってきて、丘を撫でる。

白いスカートの前のあたりがしわになっていく。

そして手は反対側の腿に渡っていった。

スカートからストッキングに移行すると、その執拗に蠢《うごめ》く生き物は膝やその内側を這い回る。と同時に、唇がうなじから首筋へと降りていく。

「はああん」

と、女は声をあげ、のけぞった。

「どうしよう。僕の手止まらなくなっちゃったよ。このままだと、もう少し違うとこにも行っちゃうけど」

「先生、だめ……」

「ほうら、だんだん位置が上がってきちゃった。スカート捲っちゃうよ。どうする？　手が自然に動いちゃうんだよ」

「いや……、そんな」

山田の手がスカートの端を摑む。そしておもむろに捲り上げると、パンストが上まで丸見えになる。腿の付け根のあたりから生地が厚くなっているためか、足の部分よりも濃い白色の股ぐらが露になる。

「丘がふっくらしているじゃないか」

「恥ずかしい」

女はその捲れ上がったスカートを下に降ろそうとしたが男の手がそれを遮《さえぎ》る。

「どうする？　手が君のパンストの真ん中の縫い目の上を動いてるよ」

「いや。エッチなんだから」

山田の太い指は丘の上から、シームに沿ってお尻の方へと下降していく。そして裏側の割れ筋にまで到達する。

山田は指圧を加えながら撫で上がってくると、今度は前の割れ目にシームを食い込まさんばかりに指を押しつける。この動きを彼は何度も繰り返した。

そのたびに女の口から、

「ああ、ああん」

と深い吐息が漏れる。

「ほら、もっと足を開いて」

「恥ずかしい！　こんな明るいところで」

「パンスト穿いているじゃないか」

「同じことよ。スカート捲られてるし、こんなに足広げさせるなんて」

山田は、片方の足を女の片足に絡みつけると、もう一方の足を手で押さえつけるようにして広げた。

正人の目にはその完璧に広げられた股間が飛び込んできた。白いストッキングの上を褐色の逞しい手が這い回っている。

「先生、そんなことし続けたら私欲しくなっちゃう」

「ミサのこと、仮眠時間中ずっとここをこうやって触っていようかな」

「先生、エッチ。私、さっきからずっとじらされているみたい」

正人は確かに「ミサ」という言葉を聞いた。

(性に疎《うと》そうに見えていたミサが、一見真面目そうな山田と、こんなことを！ 人は見かけによらないものだ)

正人は、やがて山田にパンストを膝まで降ろされていくシーンを生唾を呑み込みながら見守った。とても堪え難い光景であった。

思わず自分の股間を握りしめてしまう。

山田はパンストを腿のあたりの中途半端な位置まで下げる。と、淡いピンク色のレースがあしらわれた可愛いパンティが丸見えになった。

そして、股の真ん中あたりを、白い薄布がよれてしまうほど、撫でさすった。それだけではない。ちょうど一ヵ所、陥没箇所ができるほど指をめり込ませもしたのだ。

(山田のやつ、いつまでああやってミサさんの大事なとこを触っているんだ。ミサさんのあの綺麗なパンティがあんなに濡れちゃった上に、ヨレヨレじゃないか)

その時だ。山田のポケベルが鳴った。

急患が来たようだった。

「ったく、もう。こんな時に」

彼はひどく落胆した顔で愛撫をやめた。そして体を起こし、

「続きはまた」

と言い、立ち上がって、自分の白衣の襟を正した。

正人はあわてて、その場を離れ、身を隠した。それが精一杯のアクションだった。

山田の身のこなしは素早かった。たった今女の股間を愛撫していたとは思えぬほどの切り替わりようだった。

山田が去った後、恐るおそる仮眠室の前にもう一度行ってみると、ミサがパンストを穿き上げているところだった。

(やはり本当にミサさんだったんだ！)

ドアのほうに彼女が向き直らないうちに、正人はその場を退散した。

正人は、うまく歩けないほどひどく勃起してしまっていた。

病室に戻ると、大窓に雨がいっそう激しく打ちつけていた。

外では不気味な風音が唸っている。

ベッドに横になって、正人はいっこうに縮んでくる気配のないペニスを握ると、そ

れを荒々しくしごきだした。

執拗にパンティを割れ溝に食い込ませていたあの山田の指が憎かった。

そして、人差し指を一カ所だけに突き立ててめり込ませていたあの光景が目の裏に焼きついて、離れそうになかった。

正人は、やがて熱いものが上がってきそうになるとティッシュをあてがい、激しく湧き上がる潮騒《しおさい》に身を任せた。

多摩川の後ろに浮かぶ無数の光が雨霧の中でぼやけて見えなくなっていった。

ブラインドは今日だけは閉めて寝ようかと考えていたが、いつしか意識がなくなっていき、眠りの途についた。


朝になって正人の枕元を訪れたのは千里だった。

「昨夜ブラインドしめないで寝たんだ？　雨がふっかけてきていたでしょ」

いつものように脈を取りながらそうほほ笑んだ。

「井上ミサさんは？」

「別の部屋を回っているわ。なんで？」

「昨夜、千里さんと一緒に夜勤していたでしょ。あの後、交替して仮眠とったの？」

「あなたがナースステーションのところに来てから二時間後に、今度は私が仮眠室に行ったのよ。お熱はどう？」

正人は腋の下の体温計を差し出す。

「六度三分。いつもと同じね。はい、いいわ」

（千里さんみたいな幼顔の看護婦は病院の中で、まさか医者とあんなことはしないだろうに。それにしてもミサさんがパンティまで脱がされていたあの布団で、あの後千里さんは寝たんだろうか？）

正人の中で今まで持っていた看護婦のイメージは、白衣の天使から一変して、すでに淫猥なものに思えてきている。

いろいろなことを思い出しつつも、まだ寝ぼけていた正人は、ついベッドの脇にいる千里のお尻をそっと触ってしまった。

隣の患者のほうに行こうとしていた彼女は、

「キャッ」

と声を出して振り返り、

「こら、何するのよ」

千里は手で布団の上から正人の〝前〟のあたりを掌でパンッと叩くと、隣のベッドに移ってしまった。

「いてっ」

正人は思わず声をあげた。

(今のは僕の〝前〟を叩こうとして叩いたんだろうか？　それともおなかあたりをポンとやろうとしたのがたまたま外れたのか？)

彼には判断がつかなかった。

風の音はまだヒューヒューといっているものの、雨はすっかり止んで、陽が少し差してきていた。

2

病院というところにはときおり妙な患者が入院してくるものである。

週末になって、院長の知り合いで精神的にかなりおかしい男が入院してきたことで、看護婦の間では話題になっていた。患者はわけのわからない幾種類もの薬を持っていて、それをまとめて飲んでは、荒れて騒ぎ立てていた。

正人がナースステーションの前を通りかかった時も、看護婦たちはこの話で盛り上がっていた。

「あのクランケ、どうもノイローゼらしいのよ。神経内科ってことで入院してるんだけど、こりゃあ病院違いね。専門の精神科のあるところへ行ったほうがいいんじゃないの」

「院長の知り合いみたいよ」

「睡眠剤でも飲ませて、いったんおとなしくしてもらったほうがいいわね」

「あの人〝シルクフェチ〟で盗み働いて捕まったことあるみたい」

「なにそれ？」

「ド・クレランボーっていう人のことを描いた『絹の叫び』って映画があるんだけど、その主人公は性的対象を異性に求めないで絹に求めちゃうの」

「いやあねえ、そんなの。私は普通の男がいいな」

「シルクを見ると盗みを働いちゃうらしいの」

「盗みまでいっちゃうってのは、重症ね」

「パンティ泥棒みたいのも度が過ぎれば病気よ」

「やあね」

若い看護婦たちがそんな話をしていると麗子婦長がやってきて、

「ほらほら、油売ってないで今日の分担をちゃんと決めてちょうだい。あなたたちはやるべきことを後回しにして、おしゃべりばっかりしてるわねえ」

と婦長風を吹かせた。

いかんせん入院が初めての正人は、看護婦のみならず患者にも実にいろいろな状況の人がいるのだなあと、感心したほどだった。

(盗みをしてでも欲しい対象なんて、あるんだ)

正人は、他にどんな患者がいるのだろうかと興味深々で、あちこちの病室を覗いてまわっていた。ちょうど女性の病室の前をウロウロしていると、

「こらこら、こんな女性の部屋のところまできてフラフラしてちゃだめでしょ」

と、声をかけられた。純子だった。

正人が返事をする前に、彼女はそこの病室に消えていってしまった。

入れ替わるようにしてその隣の女部屋から、今度はミサが尿瓶をもって出てくる。迂闊《うかつ》にも正人は彼女に衝突。黄褐色の尿が正人の浴衣の前側にザバッとかかる。

「うわっ」

「あっ、ごめんなさい」

彼は完全にその場に固まってしまった。

「今、タオル持ってくるから、そこの長椅子に座ってて」

そう言うとミサはあわててナースステーションに走っていき、タオルを幾枚か持ってきて、洗面所でそれらを水で湿らす。

そして、正人の浴衣の前の黄色い濡れ染みをタオルでヒタヒタと薄めていく。

「あらあら、これ浴衣だけじゃなくて下着にまでいっちゃってるんじゃないかしら」

ミサが正人の浴衣の前を開くと、グレーのビキニブリーフの前がビショビショになっていた。それもそうだった。尿瓶の中身はほとんどなくなっていたのだから、ほぼ一回分丸々かかってしまっていたのだ。

ちょうどそこに山田が通りかかった。

「おうおう、はでにかけちゃって」

「すみません。もう大変なことしちゃって」

山田はニタニタしながら、

「へへへ、女性のオシッコだったらかけられていやな男はいないよ」

「先生、へんなこと言わないでください」

山田が去っていくと、純子が病室から出てきた。

「ちょっとミサ何やってるの？　そんなの拭いたってだめよ」

ミサは、濡れタオルで正人のブリーフの前をもっとビショビショにして拭いていた。

その間に、正人のそこはムクムクとなり始めていた。

まわりは女性部屋ばかりだったので、中から出てきた女の患者がクスクス笑っていた。

ミサが執拗に前を拭くのを見あぐねた純子は、

「それほど濡れていたら、いくら拭いたってだめでしょ、穿き替えさせなさいよ。私がやるから、ミサはもう自分の仕事に戻りなさい」

それから今度は正人のほうを向いて、

「さあ、あなたはこっちにいらっしゃい。みっともないじゃない、こんな廊下で」

(以前ミサさんが、僕のオナニー手伝ってくれた時、『純子さんは正人君に好意をもっているから、こんなことしたことが知れたら大変だ』と言っていたけど、やっぱりあれは本当だったんだ)

正人は嬉しかった。

純子が連れていったのは見舞い客などのいる待合室だった。そこはナースステーションの真ん前にあり、緑の公衆電話もある二十帖ぐらいのスペースだった。

正人のブリーフを脱がし、ナースステーションから持ってきた新しいタオルと、消毒用のアルコールを用意する。

「そ、そんなに大仰にしなくても平気ですけど」

「オシッコは無菌だけど一応患者さんのでしょ。念のためよ」

見舞い客が電話をかけている。

純子は、ピンセットにはさんだ脱脂綿でペニスの裏表を丹念に拭いていく。

七分目だったその硬直度はとうとう百パーセントにまで達して、つやの良い肉ロケットが白日の下にさらされ、天を仰いだ。

脱脂綿が触れた部分はテカり、逞しく脈打ち始めていた。見舞い客の笑う声が正人と純子の後ろでする。赤面しているのは正人だけである。純子は自分の赤児《あかご》のオシメを取り替えている母親でもあるかのように、我物《わがもの》扱いで裏筋や陰嚢まで引っ張って消毒していった。

純子からすれば看護婦としてごく真面目な処置であっても、正人にはたまらなく恥ずかしいことだった。だが、これは本当に性的なアプローチではないのだろうか？

正人は自分のベッドに戻ると、ブリーフと浴衣を取り換えた。

しかし膨張したペニスが収まるまではまだ時間が必要だった。

(純子さんは消毒と称してしっかり僕のオチンチンを握った⁉)

正人はその事実と疑問を頭の中で反芻していた。看護行為の一つかもしれないが、どうしても性的な要素を感じてしまう。そしてなによりも、純子の〝強い所有欲〟を痛いほど体感させられていたのである。

公衆の面前で、他の看護婦にもわかるように対処することで正人への思いを表わし、他の看護婦には下の世話はさせたくないという気持ちを強調しているようにさえ、正人には感じられた。

それは、初対面の時の正人の彼女への憧れに対する、嬉しい呼応でもあった。

正人は病室に戻ると、浴衣をビニール袋に詰め、女の尿漬けになったブリーフはたたんで枕元に置いておいた。

そしてもう一度、どんな病室でどんな女たちがいたのか確認したくなった。

これは病院の雰囲気が育《はぐく》んだ、今までにない性的好奇心であった。そして、正人は抑えがたい感情の赴《おもむ》くままに、自分にかかった小水の主を探しにでかけた。

女の病室は同じ階の一番奥の四室であった。

ミサが尿瓶を持って出てきた部屋は右奥の二人部屋であった。

すべてのカーテンは昼間ということもあって開けられていて、患者の顔が見えた。

二人とも三十代ぐらいの品の良い女性であった。

（こんな素敵な人たちが……いったいどこが悪いんだろう）

いぶかしくさえ思えた。

（あの二人のうちの、どっちかのオシッコだ。だったらなにも消毒液で拭くまでもなかったじゃないか）

正人は二人の顔を瞼の裏に焼きつけると自分の病室に戻り、枕元に置いてあるブリーフの匂いを嗅ぐ。

（まさしく、おしっこの匂いだ）

今度は手で触れてみる。もう冷えてしまっているが、手にまつわりつくような感覚が心地良かった。

（どっちの人のだろう？）

正人はせっかくブリーフを取り換えたにもかかわらず、もう一度この濡れているほうのブリーフに穿き換えてしまう。

そしてブリーフの上から揉みはじめた。冷たい布地がペニス全体を包む。

少しずつそこがムクつきだすと、ブリーフも温まってきた。

そしてナメコのような柔茎は次第に肉の塊として膨張し、濡れ下着の中ではちきれんばかりとなった。

正人はどうせ洗うんだからと、上向きになったペニスの裏面を激しく布ごしに擦った。手が湿り気でふやけてくる。

思い切り擦り続けていると、やがていつものように溶岩が吹き上がってくるような熱い感覚が押し寄せてきた。

「うっうっうっ……」

正人は濡れ染みの表面に自分の精液がヌワっと浮き上がってくるのを見た時、この〝小水の主〟と一体になれたような、ささやかな満足感で満たされていた。

しかし、この行為があらたな展開を呼ぶことになろうとは、正人は思いもよらなかった。なぜなら正人は、このオナニーを、正人と同室の男の介助をしていた純子に見られてしまっていたのだ。

正人が達した直後、枕元からふと頭を起こすと、カーテンの隙間から見ている純子の姿があった。だが、彼女はすぐにそこからいなくなってしまったので、正人には、自分がずっと見られていたのか、同室の患者を介護した後、チラリと見られたのかは、判断することができなかった。

普通、看護婦や誰かが入って来れば、すぐに気がつくのだが、この時ばかりは、全くわからなかった。それだけ夢中でオナニーに耽《ふけ》っていたのである。

その後の正人は、ことあるごとに純子が自分に何かメッセージを送って来ているのではないかと思うようになっていた。「彼女はいるの?」とか「若い男の子は病院なんかに長くいると悶々としてしまうのね?」などと訊いてくることでも、それは察せられた。

(純子さんは、もしかしたら医療行為という隠れ蓑の中で、とってもエッチなことを考え実行しようとしているんじゃなかろうか?)

そんな風にも思ってもみた。

3

いつの間にか、消灯の時間がきていた。

消灯の早さが苦にならなくなったのも、正人の徘徊が板についたからである。

その晩、純子は夜勤であった。その日の担当看護婦が風邪でダウンしたため、急きょ出番になったというわけだった。彼女は途中不規則な仮眠をとり、ハードな長い一日を過ごしつつあった。

純子はその日、山口千里とペアを組んでいた。

看護婦同士の何気ない会話の中で「『ちょっと彼氏が来ているから』とか『一時間だけ多く仮眠させて』とかっていう時、便宜を計ってくれるし、千里って若いのに感心よ」と話しているのを正人も聞いたことがあった。

深夜、正人は例によって、院内をウロついていた。

ナースステーションの中には誰もいなかった。

(千里さんも純子さんも同時に仮眠というのはおかしい)

正人は、あつかましくもナースステーションの中に足を踏み入れてみることにした。

壁時計の針が三時半を刻んでいる。

三時すぎは患者にとっては最も深い眠りの時間、看護婦にとってもラウンドが終わりひと息つける時間。

ナースステーションの中にはさらに休憩室という部屋がある。ここは普段は看護婦と一部の病院関係者以外は立ち入り禁止であった。

食堂で食事をとった後でも、看護婦は必ずここに戻ってきては、おしゃべりをする、まさに寛《くつろ》ぎの場である。そんなに広くないスペースにもかかわらず、私物用のロッカー、楕円形のテーブル、冷蔵庫、簡単なキッチン、気分転換用のマンガや雑誌の並ぶ本棚、そして仮眠にも使える長椅子などが備えられている。

そこのドアは普段は閉められているはずなのだが、なぜかその晩は半開きになっていた。

正人は好奇心丸だしで近づいていった。

そっと一歩一歩接近すると……。

誰もいないのかと思いきや、長椅子の上に横たわる純子の姿があった。

正人は意表をつかれた感じであった。

彼女はクッションを頭の下に、さらにタオルケットが上半身にかけられていたものの、それは床にほとんど落ちてしまっている。

(仮眠の番でもないのにこんなとこで寝転がっているなんて……。純子さん、今入院している患者の病状経過からして、これから後の時間にはナースコールがないことを確信してでもいるんだろうか？　それとも、よほど疲れているのか？)

しかし寝ていたのではないことが、もう一歩進んだ時にわかった。

彼女は右手をスカートの中に入れて、恍惚《こうこつ》とした表情でその手を動かしていたのだ。

左手は胸の上におき、白衣ごしに揉みしだいている。

(どう見てもオナニーだ。純子さん、オナニーをしているんだ！)

正人は呆然とした。

その光景は、いつまでも見つめていたいと思うほど狂おしいものであった。

やがて、彼女が白衣のボタンを上からポツンポツンと外していくと、上半身がハラリと二つに割れ、白く眩しいセクシーなブラジャーが姿を現した。

ブラの上から悩ましく胸を揉み続けながらも、もう一方の手はパンストの上から股のクロッチ部分を押しつけるようにして撫で回している。

スカートを大きく捲り上げるとパンストの中に手を入れ、パンティの上から撫でだした。白いパンストの中で、指があたかもヒトデでもあるかのように執拗に薄布の上を蠢いている。

(純子さん、感じちゃってるのかな?)

ハアハアという純子の息遣いが正人の気持ちを煽っていく。

ブラジャーをぐっと持ち上げると形のよい乳房が露になった。

乳首はやや大きめだ。

(ああ、おいしそうな胸だ!)

じかに乳首のあたりを撫でさすりながら右手はパンティの中に侵入していき、モゾモゾと動かしていく。パンストとパンティという薄い布二枚はそれなりに白く透き通り、指の形すらはっきり見えてしまっていた。

正人は、何かに〝出会えた喜び〟のようなものを感じた。待っていたもの。初めてこの病院で見たもの。それが今まさに、純子本人の手で慰められ、性の匂いを放とうとしている。

純子の足はMの字に開かれたかと思うと、またピタッと閉じ合わされ、様々な股ぐらの様相を正人に見せつける。

正人の抑えがたい欲望が首をもたげてくる。

(ああ、アソコに包まれたい。顔をうずめたい。匂いを嗅ぎたい)

やがてそこはクチュクチュッという音をさせ始める。

その時である。

「正人くんね。そこにいるのは」

正人は、彼女にわからないように本当に忍び足で潜入したというのに、気づかれてしまったのが不思議であった。

「…………」

「必ず入ってくると思っていたわ」

正人は純子の顔をしっかり見つめた。この瞬間にも、彼女の、右手をパンストの中、左手を胸という構図は変わらない。

って いたのよ」

「私が一人でナースステーションにいる時に、必ずあなたがやってくる時があると思っていたのよ」

息を弾ませながら純子は正人を招き入れ、自分の枕元に立たせると、さっそく彼のズボンの前を左手でまさぐり出した。

唖然としつつも正人は、こうなることが運命づけられていたかのように感じ、なりゆきに任せた。

(ああ、気持ちいい……)

純子の右手は依然としてパンストの中で淫らな音を立てている。正人はどうすることもできず、彼女のなすがままである。

浴衣を割られると、ブリーフがもっこりしているのが露になる。そしてまさぐられたせいでブリーフに先走りが染み出ていた。正人はあまりの気持ちよさに、つい腰を動かしてしまう。

ブリーフの上からまさぐられればまさぐられるほど、布一枚の隔《へだ》てがじれったさを呼んだ。ほどなくしてブリーフを引き降ろされると、とうとう弾力のある肉塊が、待っていたかのようにビュンとうなって純子の顔の前に突き出た。

純子は、消毒と称してその肉塊をすでに手にしていただけに、もうすでに馴染みのものでもあるかのような親しさで、あっという間にそれを口に飲み込んでしまった。

正人にとって、人生十七年間の中ではじめての出来事だった。

(女の人の口の中に僕のオチンチンが！)

それは夢心地という言葉がピッタリなほど、感動的な感触であった。

チュパッ、チュパッ。クチュッ、クチュッとペニスが口の中で音を立て、やがてその柔らかな唇が、裏筋のあたりにチューチュチュチュと吸いつく。三角形の襞の部分がひしゃげて、ビクンと、刺すような快感が脳髄を貫く。

正人は立ったままの姿勢で目をつぶって、そのとんでもない強い快感に身を任せていた。

これと比べれば、正人の過去の性体験なぞはまったく青いものだった。

彼は驚くほどテクニカルな舌技の中で、過去の様々な事柄を思い出していた。

4

正人は子供の頃、近所の女の子と遊んでいる時、その子が自分の目の前で用を足したのを見た。ヘアも生えていない一筋の割れ目からビャーッと流れ出るそれは無節操な飛び散り方をしていた。男の子のそれとはあきらかに違う。小さな岩場の切れ目からの制御されない自然な湧き水のように感じられた。

これが正人にとって初めてのセクシャルな体験だった。

だが、その子も一年ごとに大人びて、ほどなくして人前では用を足さなくなった。

正人は人並みに女の子への性的関心を持っていた。しかし、それもおとなしい性格がわざわいしてか、スカート捲《めく》りのようなたわいもないものだった。しかしそれとて女の子にやりかえされる始末。一度など女の子二人に追いかけられて、半ズボンを膝まで脱がされてしまった。

「キャー見えた、おちんちん見えた」

と笑いの種だった。

またある時は、正人より体の大きい女の子に乗りかかられて、別な女の子に〝電気あんま〟と称して股間に運動シューズをあてがわれ、激しくバイブレーションを加えられたこともあった。正人は今でも決して身長が高いわけではないが、小学生の時は女の子を含めても、前から二、三番目であった。小柄ゆえ、大柄な子にはそれが女の子であっても勝ち目はなかった。

中学生になると生まれて初めて夢精を体験する。その時見た夢は、女の子にからかわれ、引きずり回され、あげく全員にくすぐられているものだった。

自分が性的に女性に対してちっとも能動的ではなく、〝されるほうが好き〟であることは、こんな夢をたびたび見ることからしても正人自身が一番わかっていた。

とはいえ、それにも増して性的好奇心は旺盛だったのである。

ある時、ませた女の子と触りっこをした。女の子は男の子の体の構造を知らないため、ペニスと玉の両方を握ってしまう。その時の痛みと快感。そして教室の隅に追い込まれて、つかまれると、腰が引けてズルズルとお尻が地面についてしまった。それでも女の子は揉み続け、正人の口から「参った!」の一言を勝ち取ったものだった。

正人が〝参った〟をするのは決まって精液が出てしまっているときだった。

女の子が去った後も、ヘタリこんだまま、しばらく立てないのが常であった。授業の間ずっとベチャベチャした感覚が下着の中に残り、やがてパリパリに乾き、張りついていく。

正人の女の子との戯《たわむ》れも高学年になるとさすがになくなってしまった。

高校に入ってからは、女の子と特別親しくなる機会はなかった。憧れの子を見つけては、その残像をもとにオナニーをするばかりであった。

しかし、年上の女の子に迫られ、押し倒され、股間を押し揉まれてしまう、そういうシーンしか思い浮かばなかった。

能動的になれそうにない自分——。それを仕方ないものとして受け入れ、消化していった。

5

正人のペニスは純子の口の中でパンパンにエラを張らせていた。

純子はクチュッ、クチュッという音をさせながら、ほっぺたが膨らんだりへこんだりを繰り返していた。大きなフランクフルトを頬張っているような感じである。

純子の喉にも青筋が立っている。

口の中で唾液が反芻され循環する。ときおりジュルッという音を立てて、飲み込まれていく。

ペニスの根元を唇の輪が締めつけ、そのままクックククと下から上へと断続的に滑り上がっていったかと思うと、カリ首のところにひっかかり、チュポッという音とともにその亀頭を外に飛び出させた。

純子は胸元に霧吹きをかけたように、ほんのり汗をかいていた。

正人の下半身に、高まりが押し寄せていた。

「あのう純子さん、僕出ちゃいそうです」

彼女は「うんうん」とうなずくだけだった。

「ああっ、出ちゃいます、本当に」

正人にはまだ女の人の口の中に出すという経験がなかったので抵抗があったのだ。

といってもペニスを口から抜こうというアクションは起こさなかった。

あまりの心地好さの中にいたため、むしろ腰が動いてさえいたくらいだ。

「あっ、もうだめ。で、出るー」

純子はいっそう激しくピストン運動を加えた。

激しく熱いものが上がってきた。

大きなうねりが押し寄せ、とどめることのできないところまでくる。

正人の抑制ができるのはここまでだった。

かつて経験したことのない高温のマグマが立ちのぼり、その噴火口を熱くした。

正人は思い切り純子の喉全体にそれを噴出していた。

純子は狂ったように顔を前後上下に揺らし、その熱せられた液体を口の奥深くで受け止めた。

それは、純子が飲みきれないくらい大量の液体であった。

正人の睾丸の中が、それこそ一瞬にして空になるくらいの勢いであった。

純子は正人がマグマを出してしまったあとも、そこをしゃぶり続けた……。

純子のオナニーも続けられ、パンストとパンティのゴムのあたりに覗いている手首は、激しく振動し、ゴムの部分を伸縮させた。

「あ、あ、あ、あああ」

正人にも、純子が最後の指戯を秘部に加えていることがわかった。

次の瞬間、手の動きが止まり、

「あっ、あああああ……」

と、純子は声をあげ、昇りつめた。

「ああ」という声とともに、開いた純子の口からヌワーっとカルピス色の液体が垂れ出ていく。

「甘いわ。素敵よ。久し振りだわ」

純子は、ペニスをくわえたままの不明瞭な発声でそう言った。あたかもセックスで達したかのような深いエクスタシーの顔が美しかった。額には大粒の汗が光り、風呂上がりの上気したほてり顔のようだった。

終始つぶっていた純子の瞼が、ときおりピクッピクッと動く。口の中で肉茎が収縮し、軟体の生き物に変わってくると、正人は純子の頭を思い切り抱き締め自分の体に押しつけた。

「純子さん！」

自分のアンダーヘアと純子の髪の毛が一緒に混じってしまって境目が分からない。

しばらくして、純子は、口を正人の萎んだ陰茎からはずすと、

「病室に戻りなさい。千里さんと交替の時間だから」

と優しく言った。正人の陰茎と純子の唇の間に糸が引いていた。

正人はふらふらしながら病室へ向かう。

まるで魂が体から遊離していくようであった。

病室に戻ると、ベットに上がりカーテンをすべて引いた。そして、枕元のライトを点けると、自分のペニスを眺めてみた。

夢ではなかった。萎れたそこは純子の唾液と自分の体液で濡れていた。

しかし、さして疲れた様子はしておらず、心地好い休まり顔をしている。

正人は生まれて初めて女性に、こんなにもはっきりした感覚でしゃぶられ、しかも

口の中でいかされてしまったのだ。

(女の人はあんなものを飲んでしまうんだ)

驚きと同時に感動でもあった。

あの吸いつくような感覚が、強烈にペニスの先端とその茎に残っていた。

そして「甘いわ」という言葉がいつまでも耳の中にあった。

自分の性器をこれほど愛くるしく感じたことはなかった。

電気を消すと、暗闇の中でまもなく睡魔が襲ってきた。そしていつしか深い夢の中に落ちていった。

第三章　甘いお仕置き

1

純子の夜勤はその後、すぐにはやってこなかった。

日勤とて、ひどく忙しいように見受けられた。

正人は寂しく思うと同時に、あの夜のペニスの先端に受けた女の口による吸引感覚だけがいっそう自分を支配していくように感じられた。

（純子さんが僕の精液を飲んでくれた）

考えれば考えるほど心と股間が熱くなってくる。

正人の手は四六時中、自分の股間を触るようになっていた。

そんな矢先、隣のベッドの男がナースコールを押した。

「どうしました？」

「あのう、オシッコ！」

正人が入院した日にいた若い患者はいつの間にか、退院しており、今、隣のカーテンの中で唸っているのは四十歳ぐらいの男である。

彼は腹膜炎の手術後で自分ではまだ用が足せない。導尿カテーテルははずされたものの、尿瓶を使っていた。

看護婦に、尿瓶を持ってきてもらうと、男は、

「自分で入れられないからやって」

と甘えている。看護婦は、

「ほらココをつかんでこうやって瓶の口に入れて……」

「まだ自分の体を起こせないし、ちょっと首があがらないんで、尿瓶をあてがうこともできないいんですよ」

看護婦はどうやら柔らかい陰茎をつまんで、尿瓶の口に差し込んでやっているみたいだ。

やがてチョロチョロチョロという音がし、男が放尿をはじめた。

普通は終わるとベッド脇の尿瓶かけにかけておいたり、コールして取りにきてもら

ったりするのだが、この男はすぐ終わるからといって看護婦を待たせている。

看護婦もそれを不快がるでもない。

(やつはきっと、うなだれたペニスを彼女に見せたいのかもしれない。いや、看護婦のほうが見たくて仕方がないのかもしれない)

正人はとりとめもなく妄想を広げていた。

正人の頭の中では、純子の真っ白いパンストの股ぐら、ミサがパンストごしに山田に触られている図、自分のペニスに残ったミサの指の圧力、そして純子に生まれて初めて口に含んでもらい、精液まで飲んでもらったことなどが、どんどんオーバーラップしてゆき、いてもたってもいられないほどペニスが疼ききっていた。

そんな中で、入院生活の日常のサイクル自体は、相変わらず同じであった。

その日もいつものような朝がくると、六時半に看護婦たちはヴァイタルチェックに走り回り、患者の体温、脈搏数を測定、便通の数を温度板に記録、体調を訊いて回る。

朝食のできない人には介助。その後は点滴の針を刺し、薬瓶を点滴スタンドに吊るす。内服の必要な人には、薬を配っていく。

検査室まで行けない人にも介助。抱きかかえて車椅子に乗せる……等々。

(僕だって、朝眠くて起きれないから、抱き起こしてほしい!)

正人は、引き続き、ゆっくりと検査を受けていた。暇をもてあますことが多く、暇になればなるほど、よからぬことを考えるようになってしまう。

正人が頭をいろいろに巡らせているうちに「清拭《せいしき》」の時間がきた。

これは、入浴ができない患者が看護婦によって体を拭き清めてもらうのである。動けない老人や骨折で入院している患者以外は自分で拭くことができるので、その人たちには、上半身用の白いタオルと、下半身用の水色のタオルが配られることになる。

患者たちは自分で体を拭き終わると、それを、部屋のドア脇にある籠に入れておく。

正人は入浴ができるのだが、週に三回という入浴日指定があるため、彼もこのタオルのご厄介になっている。

正人は汚れタオルを籠に入れると、すぐに、例の、尿瓶の小水を浴びてしまった女性患者の部屋の前に行ってみた。「どちらかだ」と思っている二人がほぼ同時に籠の中にタオルを放り投げた。

正人はキョロキョロする。そして誰も見ていないのを確認すると、籠の中のその四枚のタオルを摑み、浴衣の袂に素早く隠した。

心臓が飛び出してしまうのではなかろうかというほどのスリルだった。

正人は小走りに自分の病室に戻り、カーテンを完全に引いた。

(僕にオシッコかけた人は、どっちだろう?)

あの時の匂いなど覚えていようはずがない。

正人は、自分用の大きなバスタオルの上に、各色二枚ずつタオルを丁寧に広げると、細かくチェックしていった。

(これはどっちの人のだろう? 清楚な感じの女の人か? それともう一人の溌剌《はつらつ》としたほうのか? いずれにしても、これでまず首筋を拭いただろう。それからおっぱいも。おなかも。それから腋の下もだろうか?)

正人は両手に白いタオル一枚ずつを手にすると、交互に鼻にもっていき、匂いを嗅ぎ比べた。どちらも、あきらかにまだ生温かく、女の柔らかい匂いがした。

(ああ素晴らしい香りだ)

今度は水色のタオルに顔を近づけた。

(オシッコの臭いだ!)

女の芯に触れてしまったような気になる。

(女の人はどういう拭き方をするんだろうか。足や腰から拭いていくのか? それからタオルを裏面にしてお股か? お尻は多分最後だろう)

正人はタオルを凝視する。その時彼は小躍りせんばかりのおみやげを発見した。

陰毛だった。

そこが彼女の割れ溝の中にあてがわれたことが証明されたのだ。

正人は毛がついていたあたりの匂いをクンクン嗅ぐ。なんとなくムアッとする獣のような匂いだった。女臭の染み込んでいるその部分を、思わず陰毛ごと口に入れてチューチューと吸ってしまう。

（なんて美味しいんだろう）

一つのタオルが終わるともう一つに移る。

（こっちは水色が変色して少し黄緑色になってる。オシッコがついたのか、それともお尻の汚れだろうか？）

正人はそんなことおかまいなく口深くにタオルを詰め込み、ガムでも噛むかのようにいつまでも反芻していた。さまざまな味の汁気が混じり合い、ジワッと口内いっぱいに広がった。

正人の欲望は尽きるどころか、ますます広がっていった。

（もっと彼女たちの下着なんかを手に入れられないだろうか？）

正人はさんざんタオルを堪能したあと、まだ覚めやらぬ興奮をよそに、再び徘徊に出た。

トイレの前にくると、いつぞやの純子の排尿音を思い出した。

（ようし、そのうちカセットを忍ばせて必ず録音してやるぞ！）

院内をフラついているうちに、いつのまにか足は屋上に向いていた。

鉄の頑丈なドアをあけると、そこにはタオル、シーツ、それに白衣やパンストまで干してあった。

シーツも白衣も病院出入りのクリーニング業者に出すのが普通なので、ここに干してあるものはそれとは別に、仕事中に汚してしまった看護婦の個人的な衣類ということになる。

（そういえば、幼児の面倒をみている時、いきなりゲロを吐かれて白衣をベチャベチャにされてしまっていた看護婦さんがいたっけなあ。尿管抜くときオシッコがふき出てしまった看護婦さんが、濡れたストッキングを洗って干していたし……）

正人はとりわけパンストが吊るされているところで立ち止まり、しげしげと見入った。

（誰のだろう？　まさか、あの最初に見た純子さんのパンストじゃないだろうな？）

手にしてみると、もうほとんど乾いていた。

わずかに風のあるおだやかな日である。もう取り込んでもいい状態だった。

正人はパンストを洗濯ばさみからはずすと、やはり自分の浴衣の袖に隠した。激しい動悸がする。それはそうだ。〝拝借〟〝一時借用〟といっても一種の〝盗み〟には違いなかった。

正人は、シルクを盗んで神経内科に入院してきたという患者の話を思い出した。

(僕も病気なんだろうか？　その患者と変わりないのかも!?)

盗みをしてでも手に入れたいほどの欲望の対象というのが、本当にあるということを、その時正人は初めて知ったのだった。

彼は病室に戻ると、ブリーフを脱ぎ、さっそく、じかにその白い看護婦パンストを穿いてみる。ペニスも陰嚢のあたりもピシッと締めつけられるフィット感がこよなく心地良かった。

正人は無性にオナニーをしたくなった。

手で前の部分に触れ、こすってみる。自分が純子にでもなってしまったような錯覚を抱かされる。

正人はこうしてペニスを下向きにしたまま、自分が女になったつもりでパンスト越しの愛撫を楽しんだ。その愛撫の手は純子か？　それとも麗子婦長か、それともミサか、千里か？　あの二人の女の患者か？——妄想が広がる。

やがてペニスを上に向けると、裏筋のあたりを執拗にこすった。

尿道口から先走りが出てくる。白いパンストにシミが少しずつついてゆく。

そして思ったより早くに熱いものがこみあげてくると、正人は堪えられず、遠慮なくパンストの中に吐き出してしまった。

パンストのかなり上のほうに糊のようなものがベッチョリと浮き出てきた。

正人の息は大いに上がっていた。

子供の頃、冬場などには、母親からタイツを穿くように言われていた。そして女の子に股間を揉まれて、つい下着もタイツも穿いたまま射精してしまった時の感覚に似ていた。そして同時に、自分が女にでもなって、女の人からパンストごしに責められて、果ててしまう状況をも思い描いていた。

正人は決して女装に関心があったわけではないが、彼が本来持っていた受け身の性質が表われ始めていたのかもしれない。

栗の匂いが鼻をつく。

(ああ、パンストを穿いたままイケるなんて、僕はやっぱり変なんだろうか?)

たしかに奇妙だった。

正人はすでに、倒錯した被虐的な感覚、自虐的感覚に浸りきっていた。

2

正人はパンスト盗みに続いて、かねてから考えていた盗聴も敢行することにした。

彼は、録音可能なウォークマンを用意し、各看護婦の行動を職員用トイレの近くの長椅子にかけて監視し始めた。

最初に現われたのは純子であった。

思ったより早くチャンスが訪れたことに感激する。

(巡り合わせだ。真っ先に純子さんの、あの音を録音できるなんて)

純子が個室に入り鍵をかけると、正人はさっそく隣の個室に入る。

個室と個室を仕切っているボードの下のわずかな隙間に、ウォークマンをねじ込まんばかりに仕掛け、息を殺す。

(こんな近くだったら、すっごくクリアに録れるなあ)

スカートをたくし上げ、パンストとパンティを一緒に降ろす音がする。

そのあと、チョロロ、ヂョロ、ヂョロロロロ……と、便器の中に落ちていく滝音が個室の中に反響する。

やがてそれはシュルルルという音へ変わったかと思うと、勢いのある大滝へと変化していった。

正人は、ほくそ笑んだ。

（いい音だ。澄みきった美しい音楽だ）

大滝が少しずつ小滝になり、再びチョロッ、チョロッという最後の絞り液の垂らし音になると、トイレットペーパーが引かれ、ガサガサと、拭く音がする。

（純子さんが自分のあそこを拭いている。さぞビチョビチョになったんだろうなあ）

排尿の音には起承転結のドラマがあるように思えたし、音楽の形式でいう三部形式のようにも思えた。

ザバーッと水を流すと同時に、彼女がドアを開けて出ていったのを確認すると、正人はスイッチを切り、自分も個室を出ようとしたが、その時誰かが入ってきた。

鍵をもう一度しっかりかける。息をこらす。スイッチを入れなおす。

純子の時と、ほとんど変わらない衣擦れ音がし、沈黙があり、そして、再び三部形式の音楽が、澱みなく鳴り響いた。

純子のより、心持ち太い排尿音に感じた。

（誰だろう？）

盗聴だけでは我慢できず、いてもたってもいられなくなった正人は、便器のフタを閉め、その上に乗っかってしまった。

まったく咄嗟の行動であった。そして爪先立ちをして、隣の個室との衝立《ついたて》に手をかけて覗き込んでみると、そこには麗子がスカートをたくしあげて便器に座っている姿があった。

（ああ、婦長さんがオシッコしているんだ！）

正人は感動した。

ジョジョーッという品のない音をさせていた主は、トイレットペーパーのロールをカラカラと引き、拭く準備をしている。

正人が見ていられたのは、麗子が股を拭いているところまでで、後は、彼女が立ち上がりかけたので、あわてて覗きをやめた。

ザバーッと水を流す音が、正人にはあたかも演奏会後の拍手ででもあるかのように聞こえた。彼女はガチャッとドアを開けると洗面台のところで手を洗い、どうもナースキャップを直しているようだった。

少しして、彼女は出ていった。誰も入ってこないことを確認した上で、今度こそ正人が廊下に急いで出ると、麗子婦長の後ろ姿があった。

ラッキーだった。麗子のオシッコシーンを覗けただけでなく、二人分の排尿音まで録音することに成功したのだから。

正人は大急ぎで自分の病室に戻り、ベッドに潜り込むと早速テープを巻き返し、ヘッドフォンをつけた。心臓がドキドキし、鳥肌が立つ。

再生スイッチをいれ、テープが回りだすと、それが予想以上の音質で録音されていることがわかった。

正人は今となっては自分の宝物になってしまっている盗品のすべてを枕元に置いた。自然と股間に手がいってしまう。

正人はもう収まりがつかず、屋上から盗んできたパンストを穿いてしまい、オナニーをはじめた。そして鼻には女の小水をこぼされたままの例のブリーフを、口には水色のタオルを……。

パンストをじかに穿いてのオナニーが習性になってきてしまっている正人は、こうしている時に極上の幸せを感じるようになっていた。

(純子さんのあの白衣の匂いを嗅ぎたい。ナースサンダルを舐めてしまいたい)

際限なく欲望がつのってきているのがわかった。

正人はパンストの中でペニスを裏返すと、その肉茎の裏面を激しくこすった。白いパンストごしの感覚がたまらなく悩ましい。

テープにははっきりと排尿の音楽がステレオ録音されていた。

純子の演奏。そして麗子の演奏。それぞれの持ち味が感動的であった。そして、なによりも麗子のオシッコシーンの残像が脳裏にしっかり焼きついている。

やがて消え入るように音楽が終わり、紙で拭いているシーンまでくると、正人の昂《たかぶ》りは最高潮に達した。

(ああ、もうだめだ。凄すぎる!)

正人は、激しく昇りつめると、ついにペニスの先端からドッと白濁液を噴き出させることになった。パンストからいつも以上に大量の汁が染み出ている。

天井を見つめて、息が弾む。しばらく動けなかった。

少ししてから、汚れたパンストを脱ぐと、それはまことにいじらしいくらい小さく、クシャクシャな丸まりでしかなかった。

正人は自分の精液でまみれたパンストを、看護婦の九時のラウンドが終わった後にこっそり洗濯した。そしてバスタオルにくるんで叩いたり押さえたりして水分を取ってから、ベッドの足元の鉄枠にかけて干しておくのだった。

たいがいは一晩で乾いた。

海中電灯を使っての深夜のラウンドでも看護婦に気づかれたことはなかった。

ところがである……。ここにきて、致命的な出来事が起きてしまったのだ。

その晩もパンストを干していたのだが、翌朝そのことをすっかり忘れてしまっていた彼は、朝のヴァイタルチェックでは免れたものの、そのあと婦長が「どうですか」と訪れた時、カーテンをほぼ全開にされ、足元の鉄枠に干してある物に気づかれてしまったのだ。

「ちょっと、どうしてこんなところに看護婦のパンストがあるの？　これあなたのじゃないわよね」

麗子は鋭く指摘した。

「あっ、そ、それ、そこに落ちていて」

「そんなわけないでしょ？　最近、屋上においてあるパンストがなくなるという事件が発生しているのよ」

麗子はさらに、食事介助用のベッド上のテーブルの上に置いてあった、〝純子〟とか〝麗子〟と書いてあるラベルのカセットテープを発見した。

「なんでこんなテープに私たちの名前があるの？　ちょっと聞かせなさい」

「あっ、それ……」

彼女はテープをそこにあるラジカセに入れ、再生スイッチを押した。

ドアのバタンと開閉される音で始まるそのテープの内容は、やがて水勢音に変わっていった。

勘のよい麗子は、それがなんであるかわかったようだった。

「正人くん、あなた、これ何よ」

「これは昔採った、川や泉の音です……」

「見え透いた嘘なんかつくもんじゃないわよ。じゃあ、なんで私たちの名前が入っているの？」

正人は元来、正直であった。というか完全犯罪のできない性格《たち》だったのである。

こんな時に限っていつもは閉めているバッグのファスナーが開いていて、透明なビニール袋に水色のタオルが入っているのが丸見えだった。

「そのバッグの中の物は？」

「あっ、これさっき体拭いた時、返し忘れて……」

不自然な限りであった。その日はまだ体を拭くタオルは配られてはいない。

麗子は、ちょうどその時ほかの患者が室内にいないのをいいことに、声を荒げた。

「まさか盗みの犯人が正人くんだったなんて……」

正人は震えた。弁解の余地はなかった。頭の中が真っ白になっていった。

これから先の入院生活をどうやって続けていけばいいのかもわからなかった。

「とにかく盗んだ物や隠している物を全部出しなさい。これは大変なことよ。婦長としても見逃すわけにはいかないの。とにかく今夜婦長室に来るように。ことによったらしかるべき対処をしなければならないかもしれないわね」

「正人君、正人君」と看護婦たちから呼ばれ、人気者だった正人は、一転して、罪人として重大な岐路に立たされることになってしまったのだ。

彼はひどく後悔していた。考えてみれば、彼の行為は病院から追い出されても仕方のないものであるばかりでなく、下手をすると「犯罪」として警察のお世話になってもおかしくはないものだった。

3

その夜、十時。院内は夜勤看護婦のラウンドもすみ、一段落して、森閑としていた。

婦長室はナースステーションや休憩室、仮眠室とは正反対のところに位置している。

三本線の総婦長の部屋と比べれば、ずっと小さいものの、小ぶりながらデスクやべッドまであり、ちょっとした生活空間としては申し分なかった。この病院がいかに看護婦を大切に扱っているかが手にとるようにわかる。

正人は指定された時間と場所を厳格に守り、婦長室を訪れた。

ドアをノックすると、中から「ハイ」といつもの声が聞こえる。

「どうぞ」

部屋の中に入ると正人は麗子に目を合わせられなかった。

さっそく、正人はやや大きめの紙袋にすべてを詰め込んだものを提出した。

「持ってきたのね。そこのベッドの上に置いてちょうだい」

だが、紙袋から次々と現れるものを見ているうちに、麗子は次第に啞然とした表情になっていった。

ベッドの上に並べられた物は、ナースパンスト二本、トイレ盗聴テープ一本、体拭き用タオル四本、それに未洗濯のパンティ一枚。さらにピン止めまでも。

「まだ、こ、こんなに?」

麗子は怒るのも忘れて、驚きの声をあげた。

正人もこうやって並べてみるとさすがに多いということを実感し、うつむいたまま赤面した。すると自然に涙がにじんできた。

正人には、麗子の物言いは確かに強くて怖い。しかし謝りさえすれば、詰問や折檻《せっかん》じみたことはないと信じていた。

ところが実際には、そんな簡単にはすまなかったのである。驚きから立ち直った麗子は、

「一つひとつについて説明しなさい」

と、きつい追及を始めたのだった。正人に言葉はなかった。長い沈黙のあと、

「オナニーに使いました」

とだけ話した。

誰がどこからみても目的は他には見当たらない。

「退院する時には置いていくつもりで……」

「このパンストは、ひとつは純子のだわね。もうひとつは千里かミサ？　そのあたりじゃないかしら。このパンティは誰の？」

「こ、これは入院している患者さんのです」

「えっ、どこの病室？」

「四〇八にいる女の人の。窓側にいる人です」

「あの部屋の窓側っていうと、橘和代《たちばなかずよ》さんかしら……」

麗子は正人にどうやってそれを盗んだのかの説明を求めた。

「あの部屋は二人部屋なんですけど、二人はあそこで知り合って仲が良いみたいで、お昼は必ず食事のトレイ持って、あの喫茶室みたいな場所で食事するんです。だからお昼の一時間は病室には誰もいないんです。その間に彼女のバッグの中から……」

「あなたは、それが盗みでなくて〝一時拝借〟だと言いたいの？　とんでもないことよ。で、下着を取り出してどうしたの」

「彼女のバッグの中に、洗っていないパンティが入っているビニール袋があったので、全部欲しかったんですけど一枚だけ取って、あとはそのまましまいました。で、それを持ってきて……」

「それで、どんなことをしたの？」

聞き返す口調がきつくなる。麗子は、もしそれがセクシャルなことならなおさら具体的に告白すべきだと迫った。

正人は躊躇《ちゅうちょ》した。しかし、麗子が正面切って追及してくるため、正人は、最も話したくないことがらについてしゃべってしまったのである。

「最初、パンティの裏の汚れを見たり匂いを嗅いだりしているうちに、ついその汚れを舐めてみたくなって……」

正人の声はさらに小声になった。

「汚れたパンティを舐めたですって？　そ、それって、いったい、どんなだっていうのよ。よかったとでも？」

「とっても匂いも味もよくて。その、あのう、つい、口の中にその部分を詰めて吸ってしまったほど……」

麗子は驚きのあまり血相を変えていた。

「そ、そんなことを？」

「すみません……。入院って初めてなもので退屈しちゃってたし、欲求不満になってしまって」

「それだけじゃないでしょ？」

「穿いちゃってオナニーもしました。あと、このパンストも」

「ええっ？　なんですって!?　四〇八の橘さんのパンティと、純子のパンスト穿いて？　その上盗聴テープ聞いてっていうんじゃないでしょうね」

正人は下を向いて黙っていたのだが、少しして小さくうなずいた。

もはやその会話は盗みを働いた男を責めるものではなく、性的に欲求が極に達している少年への同情を誘うものといったほうが正しかった。

「変態泥棒じゃない。ちょっと前に入院してきた患者さんも、シルク欲しさにあちこちの店で盗みを働いてたって言ってたわ。盗みまでするようになると、いよいよ病気なのよ」

「違います。これはお店とかで売っている物じゃないし、汚れものだし、ちゃんと使い終わったら洗って返すつもりでした」

麗子に睨みつけられた正人は足がすくんでしまった。

看護婦たちが婦長のことを怖いと言っているのを耳にしたことが何回かあったのだが、今まさにそのことが実感された。

「私に言い訳をするつもり？　あなたって人は……」

決して婦長のことを怒らせようとしているわけではなかった。しかし、結果としてこのグダグダとした言い訳が、彼女の機嫌を徹底的にそこねていたのだ。

次の瞬間、正人は耳元にひどい痛みを覚えた。麗子が思い切りもみあげを引っ張ってきたのだった。正人は目が覚めた。

(麗子さん、本当に怒っているんだ)

「ごめんなさい。僕がいけなかったんです。どうかしていたんです」

正人は正直だった。すべてを語り謝罪した。

もちろん謝れば許されるということではなかったが。

「橘さんと純子にはあなたから直接謝って、盗んだものを返しにいきなさい。私も一緒に行ってあげるから」

「え？　そ、それだけは」

「なに言ってるの。あなたのしたことってとっても大変なことなのよ。いやなら私が持ってって説明するわ」

麗子の怒る気持ちは当然だと思った。しかし、いかにいけない行為をしたことを反省できても、している最中は、シルクを盗んでつかまった患者よろしく、欲求には勝てなかったのだからどうしようもない。

正人は跪《ひざまず》いて容赦を乞うているにもかかわらず、もみあげをつかまれたまま、室内を引きずり回された。

その上浴衣の紐を外され、それを首に巻きつけられ、引っ張り上げられたのだ。

「うう、く、苦しいです」

「反省した？」

麗子は声高に凄む。

正人は大粒の涙を流しながら、フロアに頭をつけてもう一度謝罪した。

しばらくして、顔を上げた正人は、麗子の生温かい吐息を口元に感じた。

そして次の瞬間、唇の上に熱く重い感触が押し寄せてきた。

正人は自分がキスをされていることに気づくまで少し時間がかかった。それはあれほどまで怒られた後だったこともあり、また、女の人にこうした丁寧なキスなど受けたことがなかったからでもあった。

(柔らかい。これがキスなんだ。婦長さんが僕にキスしてくれている)

やがて麗子の生温かい舌が、正人の唇を分け入るようにして侵入してきた。正人はこんな経験が初めてだったため、自分の唇や舌をどうすればよいのかわからず、じっとしていた。彼女の舌が動きまわるたびに、彼女のかぐわしい唾液が口の中に広がった。

正人はキスをされたまま、体を起こされ、立たせられた。そして抱き締められた。

麗子の手が正人の背中を動いていく。

先ほどまでの乱暴な様とは打って変わって優しい。

正人が、麗子の手が股間に降りてきたと感じた瞬間、麗子は唇を触れ合わさせたまま、

「どうやってオナニーをしていたの？　私の前でやってみて」

と、静かに言葉をかけてきた。

「そんなこと恥ずかしくてできません」

「じゃあ〝お縄〟よ！　それでもいいの？　下着泥棒さん」

話をする度に、二人の唇がオブラートを吹いているがごとくに震えた。

正人は反論も抵抗もできなかった。すでに紐をしていない浴衣からは下着が丸見えになっている。彼は、「なるようになれ」という気持ちと「麗子さんには逆らえる立場ではないのだ」という両方の気持ちから、彼女の指示に忠実に従った。

おずおずとブリーフを脱いで、言われるがままにパンティとパンストを穿いた。麗子としては決して冗談で言ったわけではなかったのだろうが、正人があまりにすんなりその行為に及んだので、彼女は当惑した。

しかし、

「ベッドに横になるんでしょ。そこに寝ていいわよ。いつもしているようになさい」

と、なおも指示が飛ぶ。すでに正人の下半身はテントを張ってしまっている。

横になった正人は、パンスト越しに手で揉むように触り、やがて中のモノを上向きにし、肉筒を上下に刺激しはじめた。

もう、そこまでが見ていられる限界であったのか、麗子は正人の手をはねのけ、自らそのパンストの膨らみを押し揉みだした。

　正人は驚いた。まさか麗子自身が手を下してくるとは思ってもみなかったのだ。自分にオナニーをさせて、とことん辱めを味わわせるつもりなんだろうと、考えていたからである。しかし、麗子が、もはやそんな冷静な状態にはなかったことを、正人はその時やっと悟った。

　彼女の手つきは旺盛な性経験を物語るかのようなこなれたものだった。

　テントはそっくり揺らされ、いっそうとんがらせられていく。テントの中の肉茎は立派なバナナのように上を向き成長していった。小さなパンティとピチッとしたパンストの中で、それは息苦しそうに、締めつけられていた。

　麗子はパンストの上から、そのバナナ状の反り返り部分に噛みついてくる。

「ああ凄い。ゴムのような弾力だわ」

「ねえ、麗子さん、とってもきつい。もう脱がせて下さい」

　口に出してはみたものの、正人はそんな言葉を言えた立場でも身分でもない。しかし、バナナは窒息寸前でもあった。

　とうとう麗子にパンストとパンティを剝ぎ取られた正人は、自分が女で麗子が男にでもなったかのような逆転の感覚をもって、ただひたすらあお向けで寝ていた。

やがて麗子のふくよかな唇がしっぽりと正人の弾力のある肉茎を包んだ。青筋を圧するがごとく、唇の輪が上下に動く。

（ああ、これと同じことを純子さんにもされた）

天井を見つめながら脳裏に浮かんだのは純子の姿と、その舌技である。

（純子さんに負けず劣らず上手だ。看護婦さんていうのは皆こんなに上手なものなのか）

麗子は純子に比べて唇が厚い分、重い密着度があった。

麗子は、縦の動きに続いて、あたかも横笛吹きのような動きを加えていった。そしてハグハグと横噛みしたかと思うと、肉茎をペロペロと舐めだした。

（初めてだ。こんなの）

あたかも猫が魚の腹をくわえているかのような、さもしさがある。

口の動きが横笛から縦笛に戻る。それはフルートの横吹きの口使いから、まさに尺八の、顔まで震わせる口使いへと変化したのに似ていた。

（僕のが楽器となって奏でられている）

木管楽器の管の中に唾液がどんどん垂れていくように、正人の尿道にも肉茎にも透明な筋がタラーッとついてゆく。

さらに先端のみが、チュポッ、チュポッ、と音をたててしゃぶられる。

しばらくこの動きが続いた後、麗子は正人の紫色に張りきっているカリ首を口からはずすと、ナースサンダルを脱いでベッドの上に上がった。

そしてスカートをたくし上げ、パンストを脱ぎ、正人の顔の上で立ち膝をすると、足の付け根のパンティの脇を引っ張り、性器を露出させてしまった。そして、

「ほら、見てごらん。正人君、わかる？　こうやって女性の大事なところをじっくり見たことなんかないでしょう？」

麗子は自分の濡れきっている部分を惜し気もなく、正人に開帳してみせたのである。

彼女のそこは水飴状にねっとりし、今にもそれが垂れてきそうであった。

麗子は、上気した顔で正人の顔を上から覗きこみながら言った。

「この際だから教えてあげる。ここの襞を大陰唇っていうのよ。これを広げるともう一つ襞があるでしょう、それは小陰唇。それから上のとこに突起が見える？　これがクリトリス。男の子のオチンチンと同じ、一番敏感なところ。その下に小さいオシッコする孔があるわね。それからもう少しお尻の方に進むと、ここがヴァギナ。ここは何するところかしら？」

そこまで言うと、正人の顔の上から位置をずらし、下腹に垂直に屹立している塔を

今まさに説明しかかった窪みにジュッポリと収め込んでしまった。体重をすっかり乗せ終わると、正人の肉茎はあたかもパンティの中にしまい込まれたかのようだった。

この時、正人は「生まれて初めて女の人の体の中に入っている」という確固たる感覚を自覚したのだった。

〝童貞喪失〟の瞬間であった。

(とっても熱い！　でも、なんて素晴らしい感触なんだろう。すっごくヌルヌルしている！)

しかしその感動は麗子の腰のグラインドが始まると、一挙に嵐となって正人の全身を包んでいった。

(これが女の人とするってことなんだ！)

そう思った瞬間、一気に上がってくるものがあった。

正人はそれを上げてしまっていいのかもわからず、

「あっ、イッちゃいます！」

そう叫んだ。

「だめよ」

しかし、正人にとってセックスは生まれてはじめての体験であり、上から乗られていることも手伝って、コントロールのしようもなかった。

ぬかるみの中で正人のペニスはまさに溺れる寸前だったのである。生温かい肉襞は正人を締めつけつつ、トロミのついた樹液の中に包み込んでいった。

「ああ、もう、僕、もちません！　だめです！」

麗子にとっては、動かし始めた矢先のことで拍子抜けには違いなかった。しかし年下のこのウブそうな坊やのこと、こんなことだろうことはわかっていたのだろう。彼女は文句も言わず、これ以上の要求もしなかった。

麗子の腰の激しい上下運動が始まった。

クチュクチュッと滑らかな潤滑油の音楽が響きはじめた瞬間、正人は呻くような声と共に熱くて濃い性汁を麗子の体の中に吐き出していた。

「ああ、来た、来たわ。正人のが私の中に」

二人が結合してから五分としないうちのことである。

「はっはっ、あああああっ……」

「イッちゃったのね。正人君、女の人、もしかしたら初めてだったんじゃない？」

しばしの沈黙が支配した。

正人はマウントポジションで上から顔を覗かれているのが恥ずかしかった。

女の膣の中でしぼんでいく感じがわかったのもこの時が初めてだった。

彼女の言葉通り、正人は「どのようにして女性をイかせたらいいのか」どころか「自分で入れて動かす仕方」すら十分な知識を持っていなかった。一人前の耳学問はあった。しかし、実際にやるということがいかに違うものなのかを身をもって体験させられたのだった。

麗子は腰を浮かせると、パンティの脇のゴムを指で引っ張ったまま、枕元のティッシュでぬかるんだ陰裂を拭った。そしてパンティの脇を戻すと、パンストをくるくると巻き上げて丁寧に穿き、ベッドを降りた。

正人はまだハアハアと大きく息をしている。

「どうしたの？　気が抜けちゃった？　初めてだったのね。あなたはやっぱり可愛いわ」

麗子は机の上のタバコを手にし、一本取り出すと、ライターで火をつける。シャカッという音が決まっていた。灰皿をつかむと、それを持ってもう一度ベッドに上がり、

「パンティは患者さんの橘さんに、パンストは純子に、謝って返さないとね。あなたは拝借って言ったわよね。だったらなおのことよ。もう一つのパンストも誰のだか聞いておくから」

「………」

正人はボーッと天井を見つめている。

「謝るだけでみんな許してくれるかしらねえ。私たちはナースの中だけでなんとかすることはできるかもしれないけど。それも婦長の私の一存でね。でも患者さんのほうはそうはいかないんじゃないかしら」

正人はブリーフを穿き浴衣の前を閉じ合わせると、ベッドの上に正座して、ただただうつむいているばかりである。

麗子は煙をファーッと天井に向かって吐きながら、

「なんとか言いなさいよ。どうするの」

正人に言葉はなかった。

「純子は、パンスト盗まれて、盗聴までやられているわけだから、いくら婦長から宥《なだ》められても、これぱっかしは怒りが静まらないんじゃないかなぁ？　最近正人君のことになると彼女異常なくらいピリピリしてるからね」

麗子は大人っぽい手つきでタバコを口にすると、もう一度深く吸い込んだ。

煙が勢いよく吐かれ、その一部が輪を作り、フワフワと空中に浮遊した。

正人は、自分の病室に戻ると、麗子の言葉がやたら気になって不安でしようがなかった。しかし初めて体験をしたことで全身が疲労しきっていた正人は、ベッドに入るやいなや、あっという間に意識がなくなっていったのだった。

翌日、正人はすっかりしおらしくなってしまっていた。

麗子に童貞を奪われたことで、何かとても後ろめたいことをしてしまったような気持ちにさせられていた彼は、言葉少なく、それこそ病人のようにおとなしかった。

4

正人の肺に影があるのではという疑いは、結局確固たる所見が出なかった。病院の中では、いくらフラフラと歩き回っていたとしても、やはりベッドで横になっている時間が圧倒的に長いので、それが彼の体を知らず知らずのうちに正常に戻しているのかもしれない。

この呼吸器系の問題が解決したら次は胃である。舌先が痺れるという症状や慢性的な胃もたれ症状もこの病院にきてから、食生活のおかげで解決されていた。

しかし入院中にあらゆる箇所をチェックしておくというのが静養と同時に課せられた目的なので、とりあえず胃の内視鏡は受けることになった。

多くの検査を受けてきた正人だったが、これが最初のハードな試練となるとは夢にも思っていなかった。

純子がやってきた。

純子に自分の精液を飲んでもらっているのに、麗子に犯されてしまったという事実。そして麗子から、下着泥棒や盗聴についていろいろ告げられているのではないかという不安もあった。

「じゃあ今日は内視鏡のお部屋に行きましょうね。昨日聞いていると思うけど、胃カメラやるから朝の食事はナシね」

何事もなかったかのような笑顔である。正人はほっとした。

(麗子さんからは何も聞いてはいないみたいだ。よかった)

しばらくすると純子が呼びにきてくれた。内視鏡室に入っていくと、彼女は、

「正人君は私の〝知り合いの子〟なんでちょっとついていてあげていい？」

と、そこにいた看護婦に同意を得た。そうでも言わないと、付き添いは不自然だったからだ。

純子は社交性もあり、人好きのするタイプということもあってか、どこのセクションの人ともうまくいっていたので、こういう時にはそれが効を奏した。

正人は、まずは麻酔液でウガイをさせられた。すると口全体が痺れてきた。そしてろれつがまわらなくなる。皮下注射で胃の働きが押さえられる。

診察台に乗り、左下になって横たわると、マウスピースをくわえさせられ、先端がピカピカと光る内視鏡のついた管を医者によって口の中深くに押し込まれてしまった。吐きそうになる。ゴホッゴホッとむせかえる。

「正人君、力を抜かないとだめでしょ」

純子の檄が飛ぶ。他の看護婦たちも、

「もっと楽にして楽にして。唾液は出していいのよ」

と声をかける。

医者は遠慮なく管を入れていき、それは食道から胃を通過し、十二指腸にまで達する。正人は、初めての内視鏡の検査に「そこにいる看護婦誰でもいいから助けてくれ」という感じであった。

その思いが通じたのか、純子が正人の背中をさすりだした。ありがたかった。口には出せないだけに彼女の配慮は無限に優しく感じた。

正人は、彼女の手の温もりを背中や腰に感じながら、管の苦痛に耐えていた。管が入っている間中さすっていてくれたことが、どれほど正人の救いになったことか。

すべてが終わり、正人はヨロめきながら台から降りると、純子が手を取ってくれた。自分の病室に戻った正人はいつまでも背中に純子の手の感触を感じていた。背中をベッドにつけるのが惜しいと思うほどだった。

麻酔がとれてきて、口の感覚が戻ってくるには、さほど時間を要さなかった。検査の間の時間感覚は不思議だった。七〜八分の出来事が三十分ぐらいに感じられたのだから。

やはり純子は麗子から何も聞かされていないようだった。

それがかえって正人には不気味であった。

結局、胃に現れていた症状は、ストレスによる神経的なものにすぎず、そんなに心配するほどのものではないことを医者から知らされ、胸をなで下ろす正人だった。

第四章　人妻の入院患者

1

正人が四〇八号室の患者、橘和代に呼ばれたのはそれから二日後であった。

場所は一階の広い外来ロビー。その隅にはちょっとした噴水まであるというお洒落な空間。そのすぐ脇にソファがあり、そこでは見舞い客や、もうまもなく退院しようという患者が寛いでいる。

午後の診療が始まるにはまだ少しの時間があった。

正人が少し早めに行って待っていると、和代がやってきた。パジャマ姿だが、清楚で気品が漂っていた。髪の毛は肩ぐらいまであり、色白でみるからに美肌である。穏やかなピンク色のパジャマには控え目な模様が入っていて、彼女をよりつつましやかに見せていた。

麗子の話によると、年は四十代。田園調布に住んでいる奥様であった。深窓の出ということもあってか、言葉使いが丁寧であった。

「あなたが正人君？　婦長さんから、私《わたくし》の下着や、体を拭いたタオルを返していただきました。どうしてそんなことしたのかも聞きましたよ。私、恥ずかしかったわ。そんな汚れた下着なんか盗まれたことなかったもので」

彼女は盲腸の手術で入院していて、そのあとも甲状腺の検査等で、引き続き病院にいる。しかしそれも、もうそろそろ終わり、明日にも退院という状態だった。

「下着を見ただけでなくて、他にもいろいろなことしたそうね」

物静かに話しつつも彼女からは「こんな恥ずかしいことをされたまま、退院するなんてことはとてもできない」という気持ちが、そのキリリとした目付きから感じ取れた。

「婦長さんは、あなたをしかるべき手続きで罰するとおっしゃるのよ。でも私、言いましたの。あのぐらいの年頃の男の子は性的欲求も強いし、下着とかにも関心が強いから、大目に見てあげたらいかがかしらって」

「………」

正人は、和代が全身から発している妖艶なオーラのようなものに圧倒されていた。

「私のことは、直接正人君と会って、事情聞いた上で考えさせて下さいませんかって申し上げたんですの」

正人は、なんと返事してよいのかもわからなかった。

「あなたといろいろお話ししたいわ。私、この病院の中で二人きりになれる場所をあれこれ考えてみたんですけど、意外とございませんのよ。私が思いますには、バスルームなんかがよろしいのでは……。私の部屋は同室者がいらっしゃるし、空き部屋は今なさそうだし、レントゲン室とかは、昼間は使用中でしょ。どこかいいところがありまして？」

と語りかけてきた。

正人は彼女の「お話ししたいわ」という言葉が気になったが、彼女の目を見ているうちに、「自分は彼女に対して恥ずかしい思いをさせてしまったのだから、今度は自分が仕返しされてもしかたがない」と思うようになっていた。

(でも、こんな品のよい婦人が、何か僕にしかけてきたりするんだろうか？)

「私、明日退院なんですの。で、今日の夕方、最後の入浴タイムがありますのよ。これで三回目。手術痕の経過もいいし、お風呂に入っても大丈夫なんですって」

かくして、正人は和代と四時に会う約束をした。

翌日、正人は、他の患者や看護婦に気づかれないようにして、そっとバスルームに入ったのだった。

彼が脱衣所でおずおずしていると、涼むためにおかれている、竹で編んだ椅子に座っていた和代は、

「浴衣も下着も取って裸になりなさい」

と、普段の穏やかな雰囲気から一変して、大胆な言葉を飛ばしてきた。

(えっ、いきなり？)

「入浴時間に決まりはないんですけど、あまり長くなりますと看護婦さんたちが心配するでしょ」

正人は、これ以上和代に迷惑をかけたくなかったということもあって、速やかにすべてに従うことにした。そして「自分は和代さんのパンティのみならず性器や小水の匂いも知っているのだから、自分がこの人の前で裸になって初めて帳消しにしてもらえるのかもしれない」と考えた。

「あなたは、私のパンティを舐めたり穿いたりしたんでしょ？　そんなに舐めたいんだったら私の見ている前でやってごらんなさい」

彼女はパジャマのズボンを脱ぐと、パンティまで取り、そのまま正人に差し出した。上のゴムの部分にレースがあしらってある白いディオールのお洒落な下着である。パジャマの上衣はトレーナータイプだったので、まるで超ミニのワンピースから長い足が覗いている感じになり、その風情はまことに熟女の色気で満ち満ちていた。

前回の入浴は二日前。下着は入院中ということもあり、二日ごとにしか取り替えていなかったのでそれなりに汚れていた。正人はその脱ぎたての生下着を受け取ると、裏返して股の部分、つまりクロッチの黄ばみを舐めるよう命じられた。

正人がそれを口元にもっていくと、小水の匂いに混ざってなんともいえない甘い蜜の香りが柔らかく漂ってきた。

(なんて温かいパンティなんだろう。それにいい匂いだ)

そこは縦に色濃く黄ばんだ筋があり、その周りに淡黄色の変色域があった。そして透明な粘液がわずかに付着している。正人が舐めだすと、尖らせた舌先に糸が引く。

「舐めるだけじゃなくて、その汚れを吸い取ってくれるんじゃないの?」

正人は、口の中にその黄ばみ部分を押し込むと、その布をチューチューしゃぶり始めた。

「自分の唾液を出してからすすらないと、汚れはとれないわよ」

和代は強く言う。正人はもう何がなんだかわからなくなっていた。すすり出しが四、五分も続くと黄ばみは淡いクリーム色に変わっていく。もう取れました、綺麗になりました、という顔をしている正人にさらに、

「そこの洗面で水を少しそこに垂らしてから、もう一度しゃぶりなさい」

といっそう厳しい口調で迫る。正人は言われたとおりにクロッチ部分にのみ細く水を垂らすと、ふたたびチュルチュルと吸い出しを開始した。

「どう？　見せてごらんなさい」

パンティのそこは真っ白になっていた。和代は微笑み、

「パンティを盗むなんて人には、このぐらいのことはやっていただかないとね。盗まれ甲斐がないってことじゃございませんこと？」

正人はただただ言われるがままであった。

正人は吸い出しでクロッチが綺麗になったそのパンティを、今度は石鹸をつけて洗うことを命じられた。

「そんなにゴシゴシやったらボロボロになってしまいますわよ。クロッチとお尻のところを少し石鹸を多めにつければそれでいいでしょ」

出会ったばかりの年上の女の生下着を、裸の自分が洗っている光景は自分でも不思

議ですらあった。

パンティは、すすいで、絞り終えると、籠にかけて干した。

正人は背後から和代に抱き締められ、

「いい子ね。ちゃんと洗ったし、私に返してくれたし、もうあなたは泥棒なんかじゃございませんわ」

耳元に大人の息遣い、全裸の背中に和代の胸の柔らかい膨らみ。もうそれだけで彼のモノは怒張を示していた。

正人は、肩のあたりを撫でられ、唇をうなじに這わされてゾクゾクッと鳥肌が立った。やがて和代の手が背後から前に伸び、肉塊を握られることに……。

後ろからのピストン運動は自分でオナニーをしている時の様に似ていた。

「私のも触っていいのよ」

言われるがままに手を後ろに回すと、裂け溝に指が触れるか触れないかのところで正人はハッとした。ヘアがなかったのだ。

(そうだ。彼女は手術をしたのだ)

丘のところにポツポツと少しずつ生えてきている短毛が手に触れ、チクチクと痛かった。

「もっと中よ」

毛の生えかけの丘の感触にうっとりとしていると、和代の声がかかる。

指を溝に分け入らせると、そこはネチョネチョと濡れていた。

ここが大陰唇、ここが小陰唇と、麗子に習ったことを確かめながらもその滑らかな感触の中で指を動かしてゆく。

(女の人はみんなここがこうなっているんだ。温かくて湿り気に満ちていて……)

なおも溝の中で前後に指を動かしていると、しこった突起に触れた。

「ああっ」

かすかな声だった。正人はなおも指を滑らせていると、何度となくそこに触れ、その度に和代の声がはっきり聞き取れるようになっていく。

正人がその一カ所だけに人差し指をあてて、優しくいじり続けていると、和代はやや腰を引くような動作をしつつ、

「はあぁん」

と、声を出し身をよじり始めてしまった。

正人は自分の指がぬかるみの中でこんなにも滑りがいいものなのかと感動する一方で、自分の肉棒がかつてないくらい長く前に引っ張られ、体に垂直にしごかれ、雄々

しく脈打ちだしたことに驚きを禁じ得なかった。

亀頭の先の鈴口の周りがジワジワと濡れ始めている。

「もう我慢できません」

「若い子ってもたないのね。本当に」

和代の滑り気を帯びた温かい粘液が正人の指の根元まで濡らしていく。

和代は、あらかじめ椅子の脇に置いてあったバスタオルを二枚ほどフロアに敷くと、

「さあ、そのまま、横になってごらんなさい」

と、正人を寝かせた。

脱衣所から洗い場のほうを見ると、四角い広い湯船と、その横に観葉植物がある。

(そうか、ここは女湯なんだ。男湯には植物なんて置いてなかった)

正人はいつもと違う、女風呂にいたことに今やっと気づいたのである。

横になっても、屹立したそこはしっかり天を仰いでいる。和代はそれを濡れかえっている陰裂にくわえ込ませるようにして、注意深くその上に乗っかると、体重をかけて座った。

「ふああ……」

正人の感動の溜息が深く出る。

（麗子さんとは違う！　ここは、みんな感触が違うんだ）

クチュッ、クチュッ。

すっかり硬くなった茎が、肉壁で包まれ絞られながら滑らかにピストン運動される。

（いい！　やっぱりここの中っていい！）

麗子がジュッと熱い体液で肉棒を溶かし込むようであったのに対して、和代は温かめの湯に長く漬からされているような、ジワジワと染み入ってくるような感じがした。

正人は下から自分の結合部分をまじまじと見てみた。パンパンのそこはいきなり割れ筋があり、まるで小学生が性交を行なっているかのような怪しげな雰囲気を醸し出していた。

（麗子さんの濃い茂みも素敵だったけど、なんにもないというのもエッチだな）

和代は、やはり大事をとっているというか、手術箇所をかばっているのか、やり方は控え目であった。しかしかえってそれが、この、まだ性にたけていない正人にはちょうどよかった。

体のバランスを上手にとりながら、彼女は上下に体を動かしてくる。

グチュッ、グチュッと、摩擦音が一定のリズムを作っている。

「ああ、気持ちいいわ。あなたのはエラの張り方がとってもいい。鍛えたら将来間違いなく女殺しになるわ。今はまだカリ首がピンク色していて可愛いけど」

正人にはまだピンとこないようなことを独り言のように発しながら、その顔は恍惚としていた。

「あなたは手術受けたっていうわけじゃないし、あなたのほうが腰を使わなくちゃだめでしょ」

和代がたしなめる。

どうしていいかわからないまま、正人は腰を浮かしたり降ろしたりして、和代の中に収まっている肉棒を動かす。女の人の中の感触に慣れてきたというわけではなかったが「こんな動きをしてしまうと、高まりがすぐきてしまって危ない」というのが少しずつわかってきたような気がした。

「だめよ、そんなんじゃ。もっと突き上げるのよ。自分だけが気持ちいいなんていうのはいけないわ。相手をよくしてあげてはじめてセックスなの」

和代は、正人の骨盤が折れてしまうのではないかというほど強く腰を落としてみた。何度も何度もお尻を正人の、鼠蹊部に打ちつけた。自分の腹部にはたいした痛みがないことがわかった和代は、正人の上でだんだん上下の動きを早めていく。

「ああ、いいわあ。若いからといっても活きがいいわね」

正人もハアハアと呼吸が荒くなる。体重が乗っているため加減ができない正人は再び激しい津波がやってきていることを悟った。

思わず、彼女の体の下の自分を、上にズラせてそこから逃れようとする。

「なんなの？　こうやって乗っかられているのが嫌なのかしら？　重いの？」

和代の言葉使いが強くなってくる。

タオル二枚だけで寝ているせいか、和代の体重がかかるたびに正人の尾骶骨《びていこつ》に響く。

「おちんちんの奥がジンジンして……といっても凄い。腰骨が潰れてしまいそうです」

正人は無毛の丘の切れ筋のところに見え隠れする艶茎を必死で見つめていた。

上下の規則的な運動がしばし続いたかと思うと、正人のヘアが和代のツルツルの恥丘部分を覆い隠さんばかりにして陰茎が体内深く収められた。

「ああ、いいわあ。素敵よ。一番奥に来てるわ」

正人の鼠蹊部が強く圧され、体に和代のお尻がめり込む。

それから再び、和代の吸い上げんばかりのピストン運動が長く続いた。

ぬめった膣襞がクチュックチュッと滑らかな摩擦音をたてている。

「ああ、何か締めつけられているみたいで……そういうの効きます」

「あなたの感じるわ……いいわぁ……」

二人の昂まりは急加速された。もはや正人には限界であった。和代もすすり泣くような声をあげる。これ以上は耐えられなかった。

「あああ……ああう」

二人はほぼ同時に達してしまった。

術後のため早くイッてしまおうと集中していた和代と、経験の足らない正人は、うまい具合にそのエクスタシーのタイミングを揃えることになったのであった。

しばらく二人は動かなかった。

正人は天井が回っているような感じがしていた。

呼吸が整ってくると、和代は体を起こし、今まで体の中に収めていたものを抜き、

「洗って綺麗にして」

そう言った。

「洗い場のほうにいらして」

正人は、彼女の愛しい液体と自分の精液でドロドロの割れ溝に、湯船の湯をかけて流した。

「そんなんじゃ落ちないでしょ。ちゃんとシャワーを使ってくださらない？」

正人はあわててシャワーをひねり、和代の濡れ汁の源に当てる。性器全体に温水が当たっているうちはよかった。しかし何十本と出ているシャワー穴からの温水の、端っこ二つぐらいの湯の線が和代の陰核部分に直撃する瞬間があったのか、和代がビクッと敏感に反応した。

「ああっ……何するの？」

陰核への二本の直射はとても勢いが強く、正人がうっかりそこに狙いを定めてしまうと、思わず和代は声を大きくしてしまった。

「あああっ……」

再び和代の体が昂まっていくのが正人にもはっきりわかった。

「ちょっとぉ、同じとこにそんな細くって強い刺激を当て続けちゃだめよ」

正人はどうしていいのかわからない。

「だめ、もう立っていられない」

正人にはそれがどのくらい鋭利な感覚で打ち当てられているのか知るよしもなかった。

「そこばっかり当てられていると、ヘンになっちゃうわ」

和代は自分の指をそこに押し当て、淫らに動かしはじめた。

正人はおかまいなく続ける。

「ああっ、ああっ、もう一回イキそうよ」

こうして二、三分のうちに、和代にまたしても昂まりが押し寄せ、

「ううん……気持ちいいぃ……」

狂おしい声とともに達してしまった。

何かいけないことをしてしまったような感じになった正人は、彼女の息が落ち着いてくると、

「あのう、すみませんでした」

と、和代の肩に手をかけた。ヘナヘナとすっかり横座りでヘタリこんでいる和代は、

「正人君ったら悪い子ねえ。私がお仕置きをしてさしあげたはずなのに、やり返すなんて」

ウブな正人からすれば決してやり返したつもりはなかった。

「僕はただ、そのう、あの……」

「悪い坊やなんだから。もうなんにも言わなくていいわ。お風呂の中にでも沈んでいなさい」

そう言うと、ふざけ心も手伝ってか、正人を湯船の中にザバーンとつき飛ばしてし

まった。湯が正人の耳や鼻に入り込む。大きく湯が外に溢れ出る。

「私、あなたにうんと激しいセックスでお灸をすえてさしあげようかと思っていたんですけど、やっぱり手術後なのねえ。まだ本格的にはできないわ」

(これだけされれば十分なのに)

水面に、正人の精液が、水に溶けずに浮かぶ油のごとく地図を作っていった。

湯煙でけぶる中、和代がしゃがんで自分の股ぐらを洗っている姿が視界に入ってきた。

(田園調布の奥様も、こんなところをこんな格好で洗うんだ)

と、妙な感心をしながら、正人はその光景を見続けていた。

お湯はちょうどいい湯加減で心地好かった。

(ああ、ここは女湯。何人の人がこのお湯に浸かったんだろう。この湯は何人の性器に触れたのだろうか)

そう思うと、女湯に入っている自分が〝性器湯〟に浸かっているような錯覚を抱き、異様に悩ましい気分になっていった。

(この後誰がこの湯に浸かるんだろうか？　彼女と同室の女性も入るんだろうか？)

恍惚とする正人であった。

2

翌日、和代は退院したが、正人の中に昨晩の余韻が強く残っていた。

しかし正人にとって一番恐れていたことがいよいよ起きつつあった。

夕方になって、純子が枕元に来たのである。

「婦長から聞いたわよ。どういうことなの？」

正人が驚いて見上げると、そこにあったのは、純子の今までの優しい顔ではなく、厳しい怒りを含んだまなざしであった。

一連の盗難犯人が正人であることを麗子から知らされ、純子は激怒していた。

（ああ、来るべき時が来た）

正人はそう実感した。

（すべてバレてしまって、自分はその〝罰〟を二人から受けた。こうなった以上、純子さんの言うことにも従わなければ……）

「あなたが欲求不満になってきていることは知っていたわ。意味もなく病院を徘徊してたもんね。でもそれとこれは別のことよ」

純子の顔色からしても、怒りが半端ではないことがわかった。

(麗子さんから盗みや盗聴のことだけでなく、十分罰を受けたことも聞かされているんじゃなかろうか?)

脈を計りながら、

「どういうことなの? って聞いてるでしょ」

「……」

純子は時計を見て、温度板に数字を記入すると、

「ここまでやってたとはね。テープのことも、パンストのことも。でもねえ、私に対してだけならまだ許せるけど他の人にもしたっていうのは許せないわ。他の患者さんの物まで盗んだなんて……。それと橘さんが退院の時、『お仕置きしておきましたから』って言ってたけど、いったいあなた、あの人に何されたの? 婦長がこのことを最初に知ったんだったら、婦長からも罰を受けてしまったんじゃないの?」

正人は困り果てていた。言葉がなかった。

性的好奇心の大きさに対して、自分の欲望のコントロールができていない自分を後悔していた。そして、これ以上表沙汰にならないですむなら、なんでもするつもりでいた。

「私に対してもしっかり謝ってもらわないとね」

正人は「はい」とは返事するものの、何をどうしてよいのかわからなかった。

純子はいつも通りのヴァイタルチェックをすますと、怖い顔つきのまま部屋を出ていった。正人は、うなだれてしまった。これから先のことが読めなかった。

その晩、すっかり放心して廊下を歩いていると、ミサと会った。

「どうしたの、元気ないじゃない。最近検査がきついんでしょ」

それはそのとおりだったが、ミサが正人の今の気持ちを知るはずもない。

「今日夜勤ですか？」

「そうよ」

（おとなしそうな顔して、山田とイチャイチャしやがって。今夜もあんなことするんだろうか？）

その夜、正人は浮かぬ気持ちのまま布団にもぐり込んだものの、やはり眠れない。何度も寝返りをうち、溜息をついた。

もう、盗聴や下着泥棒、覗きはしないと心に誓った正人ではあったものの「ミサの夜勤＝何か怪しい」という公式が正人の中で出来上がってしまっていた。

（ナースステーションには別な看護婦が一人。ということは、ミサはもしかしたらまた、あの仮眠室であいつと……)

ロビーの掲示板では当直医が山田となっていたのだから、そう思ってしまうのも無理もない。あの組み合わせである。

「いけない、いけない」とわかっていながらも覗きをしてしまう。それは悲しい性なのか。あるいはシルクを見ると盗みを働いてしまうというあの患者と同じ病気の一種なのか?

いずれにせよ、ふと気づくと、正人は性懲りもなく、またも仮眠室の前にたたずんでいた。部屋の中には案の定、人の気配がする。

鍵の字に曲がった廊下の奥にある部屋は、こうもナースステーションや病室のほうに声が漏れたりはしないものなのかと、あらためて建築による防音効果を体験することになった。

音を立てないようにして、ノブを回す。最近は病院でこんなことばかりしているので、まったく音をさせないでこういうことをするのが、お手の物になってきている。

そしてドアを三センチぐらい開くと……。

(ああ、やっぱり!)

そういうことだったのだ。やはり山田がそこにいた。

下半身をあらわにしてミサのことを組み敷いていたのだ。

以前正人が覗いた時は、愛撫をさんざんしたまではよかったが、急患に呼び出されて、途中でやめなければならなかった。今正人の目の前で行なわれているのは、まさにその続きのようなものだった。

山田の腰に、白いストッキングの足が絡みついている光景は、正人の海綿体に一瞬にして血液を集めた。

(ミサは白衣にパンストも穿いている。これはいったいどういうことなんだ)

正人の疑問は簡単に解けた。

二人が寝ている脇のガラスボードのテーブルの上に小さな裁縫用具があり、その横に携帯用のハサミが出しっぱなしになっていたのだ。

仮眠室といっても、ここの病院の場合、決して殺風景な部屋ではなく、休憩室ほど物は置いていないが、テーブルの上のポットにはお湯も入っていたし、綻《ほころ》びのひとつも直せる程度の裁縫セットもそなえられていた。

(パンストはいきなり手で切るのは大変だけど、ハサミでわずかに切れ目をつければ、あとは容易に裂ける。山田はそうやって破いたところに挿入しているんだろう)

山田は下半身には何も身につけていない。

クチョッ、クチョッと音がしている。

彼は腰のグラインドを三、四分続けたかと思うと、大きなピストン運動に切り替えた。それは少しずつ早まり、やがては小刻みな痙攣状態になる。ミサの声が震える。

「あ・あ・あ・あ」

「気持ちいいか？　こういうのはどうだ？」

言葉数多くしゃべりながらも腰は執拗に一定のリズムで動き続ける。

しばらくすると山田はしゃくりあげるような動きをしだした。

ミサはそのたびに「キャ」とも「アッ」ともつかぬ、頭のてっぺんから出てくるような声をあげる。

それが数分間続くと、今度はミサの尻をうんと持ち上げて、上から刺し込むような位置にしてゆるやかな振幅に変える。ミサの膝が肩についてしまうのではないかと思うほどに体が折り曲げられている。結合部分が丸見えになる。パンストに縦に切れ目が十センチぐらい入っていて、さらにパンティにまで同様のことを施してあった。

正人の側からは、パンストもパンティも穿いたままのミサのお尻と、山田のつやつやした睾丸と褐色の尻が見える。

山田は、力士が戦う直前、手を土俵につく瞬間のような前屈みの姿勢で、緩やかな動きでじらしてみたかと思うと、急にガツンと奥にぶつけるような動きをしてミサを弄んだ。

その後は同じ姿勢のまま下半身を完全に密着し、灼熱の肉棒で間断なく膣内をかき混ぜた。クチャッ、クチャッと粘着質な音がしている。

「ああっ、ああっ、あう、あう」

(ミサさんが身をよじって悶えている。あんなになってしまうなんて)

「あああん……イヤアア」

だんだん鳴咽に変わっていく。

山田は、今度はミサの腿を抱えて、あたかも人力車を引くかのごとくの体勢で抉り、突きまくった。

「いやあ、いやあ、はあああ」

「おかしくなりそうか? どうだ?」

山田が、両腿を前後に動かし、膝で歩くような動きをすると、ミサの体はどんどん上に押しやられていく。

やがて彼は、深々と腰を落とし、ミサの骨盤が割れてしまうのではないかと思うほどに、押しつけ、揺らし、灼熱の肉棒によって濡れ穴をグチョグチョに抉り回す。

「あああん。もうだめよおぉ。変になっちゃう」

山田は、ミサの口をキスで塞ぎ、あえぎ声も出せないようにしてしまう。

(あんなにやられているミサさんが気持ちよくなって、よがっている)

正人の頭の中を麗子や和代のことがよぎっていた。

(この前、僕だってミサさんみたいに気持ちよくされたんだ)

正人は、山田の側ではなくミサの側、つまり受け身の立場でものを考えていた。それは正人の本性なので、どうすることもできなかった。

(僕も純子さんによってあんなに目茶苦茶にされてみたい。麗子さんや和代さんにやられたようなことを純子さんにされたい。お仕置をしてほしい!)

「ああっ、イッちゃうわ、イッちゃうわ」

ミサの今まで聞いたことのない狂おしい声が始まった。

山田は蹲踞《そんきょ》のような姿勢になり、足をミサの尻下に置き、手でお尻を手前に寄せながらかなり深く押しつけ、ピストン運動を繰り返している。

「あうっ、あうっ、ああう……」

激しく長い責めは、ミサをこれ以上声をあげ続けられないという状態にまでした。

彼女の肉体が壊れそうだった。

やがて、ミサは「うぐぐっ」といった感じの、押しつぶされんばかりの声音をあげると、激しく昇りつめた。

それに遅れること三十秒ぐらいして、山田は、ミサのあの細身の体を突き破ってしまうのではなかろうかと思うほど強くて早い痙攣に近いピストン運動を繰り返し、唸り声と共に果ててしまった。

しばらく二人の呼吸だけが仮眠室を支配する。

正人は、今度という今度は、その場で眩暈がしてしまったほど、本当の性行為の凄さを見せつけられたのであった。

果てた後も、二人は長い間合体したまま横たわっていた。

呼吸が落ち着いてくると、山田はミサから体をはずし、自分の性器を拭くと下半身の衣類を身につけ、診察室への戻り支度をする。

正人は例によって階段の踊り場のところにやっとのことで退避し、山田を先に行かせてやり過ごす。

再び仮眠室の前に戻り、半開きになっているドアの隙間から中を覗き込むと、足をMの字に開いたままのミサの股には十センチぐらいの切れ目がシームに沿って入っていた。その下のパンティも同じように切れ目が入れられていて、その切り口周辺にカルピス色の夥しい液体がベットリ付着している。ミサが山田に生出しされてしまった確たる証拠であった。

（な、なんてことだ）

ミサは全く起きあがれそうになく、死んだように動かなかった。正人はひどく衝撃を受け、全身に汗をビッショリかいたまま、ただただ立ちすくむのみだった。

3

正人が純子からいよいよお仕置きを受ける日がやってきてしまった。

特別室が空いたのはそれから二日後のことである。

個室よりも一ランク上のこの部屋にはバス、トイレはもちろんのこと、応接間までついている。会社の社長クラスの人間が泊まる部屋で、会議までできるような豪華さであった。一泊六万円という差額ベッド代の高さからしても、毎日そこに患者が入っているというわけではなかった。そのため少し待てば空いていることも多かったのだ。

夜勤の日、純子は相棒の看護婦と仮眠を三時間交替にしてもらうと、正人をその部屋へと連れていった。もちろん極秘使用である。

深夜の十二時を過ぎていた。

そしてひとつひとつの事柄についての追及が行なわれた。

ポケットからテープを取り出すと、

「これはなあに。私と婦長の名前の入っているこれは?」

純子がその中身をすでに聞いていることは間違いなかった。正人にはもう弁明の余地などなかった。粗相した犬が床をたたかれて「これはなあに」とやられているのとなんら変わるところはなかった。足と足の間に垂れ尾を巻き込んでいる姿そのものだ。

もうひとつ取り出したのはパンスト。

「これは私が捜していたものなのよ。屋上の物干しから突然消えてしまって」

これに対しても正人は言葉が出なかった。

「す、すみませんでした」

消え入りそうな声でそういうと、さらに純子は突っ込んできた。

「橘さんは退院してったけど、〝お仕置き〟って、何をされたの? それから婦長ね。彼女、昔から患者に手を出すので知られているんだからね。これだけのことしたあなたのこと、ただで済ませているとは思えないわ。これをいいことに何かしたんじゃないかしら?」

正人は自責の念にかられていた。

彼女が言った、テープとパンスト、それに和代と麗子に何かされたのではないかといった疑念に関して、まったくその通りだった以上、弁解の余地がないのは言うまでもない。

正人はいきなり、

「ごめんなさい!」

と床にひれ伏した。こうするより仕方がなかったのだ。

「これは訊きたくない質問だけど……。和代さんと婦長にやられちゃったんじゃない? これだけは答えてほしいの」

正人はしばらくの間黙りこくっていたのだが、やがて小さい声で「はい」と答えた。

すると正人をジッと見つめていた純子は、震える手でいきなりビンタを飛ばしてきた。

「していいことと、しちゃいけないことがあるわ」

正人は直腸が開いてしまいそうなほど強く叩かれ、脳しんとうすら起こしそうになった。

「すみませんでした、許して下さい」

正人は麗子の時と同様にすべてを白状すると、

「後悔してます」

と言い、床につっ伏すとオイオイと泣いたのであった。

純子は自分に正直に白状してくれたことを評価した。

「そんなに匂いを嗅ぎたかったの？　今もそう？」

「あの時はそうでした。反省してます」

「今だって嗅ぎたいんじゃないの？　まだ正直じゃないわねえ」

そして、

「そんなに匂いつきのパンストが好きだったらもっと嗅がせてあげるわ」

と、土下座している彼の顔を上げさせ、心持ち上を向かせると、スカートを捲り、顔を自分の股間で挟んでしまった。

正人はスカートの中に顔がスッポリ入ってしまうと、

（病院に入った時最初に見た、憧れのあの白いストッキングのなまめかしい腿、そして柔らかそうだったあの股ぐらに、今、自分は押しつけられている）

と、感動のあまり胸がいっぱいになった。そのままじっとしていると女のなまめかしい〝性臭〟と〝おしっこ臭さ〟が絶妙なバランスで正人の鼻孔に染み入ってきた。

（このまま何をされてもいい）

「本当なら脱いだパンストの匂いを心ゆくまで嗅ぎたいんじゃないの？　穿いてしまいたいんじゃないの？」

お見通しであった。正人の目は反省しつつも、願望をも正直に表わしていたのだ。

「じゃあ、私のパンストを脱がせてちょうだい」

この言葉に、動揺した正人はモジモジしていた。すると、

「早く！」

檄が飛ぶ。正人は恐る恐るスカートを捲り、パンストのゴムに手をかける。

そしてゆっくり下げていった。スカートの中から白いパンストが丸められて降りていく。足先からそれが抜けると、

「かぶってごらんなさい。そうしたかったんでしょ」

突然の言葉に正人は、面食らってしまう。しかし従順に徹していた。

言われた通り頭からすっぽりそれをかぶると、あたかも銀行強盗の犯人でもあるかのような風情であった。

「あはは、あなたにぴったりよ。泥棒の格好、似合っているわね」

正座したままかぶっている彼の顔は、どこの誰だか本当にわからない。

正人はパンストのきつい締めつけ感に息苦しくさえなっていた。

(顔がひん曲がって、さぞみっともなく映っているんだろうなあ)

正人は自分の姿が見えないだけに恥ずかしくて仕方がなかった。

純子は正人の肩にナースサンダルをはいた足をかけると、頭から兎の耳のように出ているストッキングの足の部分を引っ張った。

「ほら、取れてしまわないように顎のとこのゴムを押さえてないと」

なおも引っ張り上げると、正人の顔は不気味に変形した。白いパンストなので肌色パンストほど顔がはっきりはしないものの、正人の鼻が上向きになり唇もよじれてしまっているのだけは見てとれる。

「どんな匂い?」

「いい匂いです。とっても」

盗んだ物は石鹸の香りがしたのだが、今、これはまめかしい女の秘部の匂いがしていた。彼女はパンストの足の部分を持つと、正人を部屋中引きずり回した。正人はそれが自分にとって当然の〝報い〟であり〝仕置き〟であることを承知していた。

さんざんハイハイで、這いつくばらされたあとは、パンストも取られ、解放された。

そしてベッドに来るよう言われる。

「私はあなたのを以前舐めてあげたわ。今日はあなたの番よ。私のココを綺麗にしてちょうだい」

そう言うと、純子はパンティを脱がすように命じた。

「さっさとしなさい」

正人は彼女の前に行き、跪いた。

(今まさに憧れの女性のあそこを、じかに見ようとしているんだ)

そう思うと手がわなわなと震えた。

スカートを捲り上げると、形のよい白のパンティが目に飛び込んできた。

薄い装飾的なそれは、わずかながらヘア部分を透けさせるデザインをしている。そして腿の付け根のところにはフリルがあしらってある。それが妙に可愛い。決して子供っぽいものではなくさりげなく施されているところが大人の女のムードを醸していた。

正人はパンティに手をかけると、おもむろに下げていった。そして片足だけを抜き、残りをもう片足の膝のあたりにとどまるようにすると、ヘアの茂みに鼻を埋め込んだ。口や鼻に沢山の海草が詰まっていくかのようだった。

純子は、

「もっと下よ」

と、パンティのひっかかっている足を正人の肩に乗せながら言う。

正人にはこれが決定的な瞬間だった。まさにあの〝原点の場所〟、自分が最も追いかけ憧れていた場所をこの口で味わう時がきたのである。

そこはネトネトと輝き、青柳のような二枚のヒダの間から甘いような酸味のあるような芳香が感じられた。唇を押しつけるとネチャッという音を持ってして、唇がトロミの中に浸るのがわかった。

少し動かしていると、しこったような突起が唇に触れる。

「はああん」

純子の息が微かに聞こえる。

その下のヌメリの池の中には小さなオシッコの孔が……。

トイレでかくも美しい音楽を奏でてくれたその楽器との対面でもあった。

正人は拝むような気持ちで、あたかも初めて手にする管楽器よろしくその透明な蜜で溢れかえっている吹き口に唇を押し当てた。やっとたどりついた気がした。

(ああ、幸せだ。なんていい香りなんだろう)

エイヒレのような匂いが、ムアッと鼻孔に入り込む。

そこは正人がたまらなく恋しがっていたところだった。感無量だった。

この瞬間、正人は聖地にやっとの思いでたどりついた使徒のような気がした。そしてこの人のためならなんでもしよう。この人に言われることならなんでも従おう、そう誓ったのだった。

正人は生まれて初めて〝憧れの女性の大切な器官を舐める〟というまさに記念すべき瞬間をむかえたのだった。

(こういうふうになっていたんだ。こんなにもヌルヌルしていて、キラキラ輝いていて……)

純子の大陰唇は適度な脂肪を蓄えて襞を作り、陰裂の隙間からは透明な蜜が溢れ出ている。正人が指で開くと、小陰唇が現れ、その突端にある小さな突起が可愛かった。正人が舐めたせいと、脂腺や汗腺からの粘液で、そこは激しくぬかるみ、正人の口が本能的に吸い寄せられてしまうような陰臭を放っていた。

小陰唇は形よく、正人にとって十分に観賞に耐えられる美しさだった。小陰唇に囲まれた膣前庭はすでに沈没寸前の船底のように液体に溢れ、正人の唇や、押し開いている指までもふやけさせていった。

「舐めて綺麗にしてちょうだい」

純子は彼の髪の毛を、いい子いい子というしぐさで撫でている。

跪くような姿勢の正人は、しっかりと純子のお尻をつかんで、股間に顔を埋め、陰裂の中の舌を下から上へとしゃくりあげるようにして襞の間を丹念に舐め続けた。

ピチャピチャと犬が好物を舐めているような野卑な音がする。

「ああ、いいわあ、上手よ」

(なんて美味しいんだ)

ほどなくして、正人は自分で服を脱ぐよう言われ、その通りにした。和代の時は風呂場だったにもかかわらず恥ずかしかったのは、女の人の前で全裸になるのが初めてだったからである。しかし今回は二度目。すんなり脱ぐことができた。

正人がベッドに横たわると、純子は、彼の横に添い寝するようにして、耳元からうなじ、首筋と唇を這わせ、胸元にまで顔を下げ、乳首を吸ったり舐め回したりした。

それは、男が女を責めている光景の、まさに逆のものであった。

正人の体を、ゾクゾクするような快感が走る。

やがて純子の口はいっそう下がって正人の半勃ちになっている肉塊に到達した。

それをスッポリくわえこむ頃には、彼女も時計の長針のような軽やかさで百八十度位置替えをし、正人の顔を覆うかのようにシックスナインの体制での上乗りになった。

「さあ、しっかり舐めるのよ」

彼女はしっかり二枚の柔らかい小陰唇を人差し指と中指で開かせながら、正人の唇に押しつけた。正人は、お尻の重みなのかそれとも骨盤の重みなのか、アソコの重みなのかわからない充実した重みを顔面に感じていた。

純子は腰を少しずつ動かし始める。正人の唇がぬかるんだ膣前庭全体に覆われ、埋め込まれていく。彼女が動くたびに正人の唇がめくれ、クチャッ、クチャッという音とともに鼻の中にまで純子の濡れ汁が浸り込む。獣のようなムアッとした臭いが鼻孔をつく。

純子に乗られ、その重みと呼吸困難に、十分に征服された感覚を味わわされた正人は、自分の意思とは関係なく完璧に屹立した塔を、天に向かって誇示していた。

純子も正人の若々しい陰茎をくわえると、上下にピストン運動をしはじめた。正人の血管が純子の唾液で青く濡れ光る。

正人は自分の下半身に電流が走るような快感を得ながらも、顔半分をビッショリ濡らしながら純子の秘部を舐め続けた。コリコリする突起の舌触りはあまりにも心地好く、正人は口の中で何度となくそれを転がし、やがては、まるで赤児が母親の乳首に執拗に吸いつくかのように吸引していった。

「ああん」

純子の声が漏れる。

(純子さん、こうすると気持ちいいんだ)

女のそこがどのぐらい敏感なのかまだ十分な知識のない正人は、純子の快感をじらすことなく一挙に昂めてしまう。

「ああっ、そ、そんなに激しく吸わないでぇえ……ああ、ちょっと正人君」

正人の顔は腿で両耳が押さえつけられ、目は臀部で覆われ、鼻と口はヌメリの中で呼吸困難な状態に置かれていた。

こうして十分ぐらいが過ぎると、純子は体勢を入れ替え、普通のマウントポジションをとり、屹立した肉棒を水飴で溢れかえっている陰裂に収め込んできた。

ズブッと簡単に滑りこんでゆく。ジュブジュブジュブ……。

(スゴイ! とうとう純子さんの中に入ったんだ)

深い感動が正人を包んでいた。

(麗子さんや和代さんよりも先にこの感動がほしかったのに……)

この病院に着いた時に見たあの白いパンストの中身。今それを見、舐め、吸い、そしてとうとう自分の体の一部がそこにくわえこまれてしまった。

自分が最も求めていたもの、自分の原点に回帰できた喜びで正人は感激の極《きわみ》にいた。

正人は、あれほど純子を怒らせ、その結果お仕置きを受けているはずなのに、こんなにも気持ちがよく、幸せを感じさせてもらえることを、夢のように感じていた。

しかし、結合してからの純子のやり方は威圧的だった。

正人は両手首をしっかり握られ、万歳をするような感じでベッドに押しつけられ、その姿勢のまま、腰を上下に動かされていたのだ。

「あなたは和代さんや婦長に、まさか、こんなことやられたんじゃないでしょうねえ」

正人は答えなかった。

「そうなのね。何も言わないってことは、そういうことなのね」

「ごめんなさい、ごめんなさい」

「許せないわ。こうやって私が一番気持ちいいやり方で犯してあげるからね」

「そんなに動かすなんて乱暴です」

「何よ、ほら、自分でも動かしてごらんなさい」

正人は必死で腰を浮かして下から突き上げようとしたものの、彼女の上からの押しつけの強さが勝っていてどうすることもできなかった。

誰が見ても大人の女が少年をレイプしている光景であった。

しかしやがてその状況が崩れ始めた。純子が腰を持ち上げた瞬間、正人もエネルギーを溜めていた。そしてお尻が思い切り降りてきた時、正人も負けじと突き上げたのである。

「あう」

純子が声を大きくあげた。彼女は正人の思ってもみなかった反撃に意表をつかれた。こうなると、今までとは反対の状況が作られてしまう。純子が正人の骨盤を潰さんばかりに尻を下降させる時が、正人の突き上げと一致したのだった。

「あう、あう。当たるわ。いいところに当たっているわ」

そのリズムができてきてから、純子の声が変わってきた。

「まさとおぉ。そういうのダメよお……。私のペースで責めてあげるんだからぁ。これはあなたへの〝お仕置き〟なのよ」

正人は息をハッハッとさせながら、彼女の動きに逆らい続ける。

純子は正人の動きに歯止めをかけるために、全体重を乗せて、正人の腰が持ち上がらないようにした。すると、あっという間に形勢は逆転してしまった。

そしてそのままグラインドしはじめる。今度は純子の逆襲だ。

くねくねと腰が振られる。

正人はときおり自分の肉塊がどうなってしまっているのかと結合箇所を見ようとするのだが、湿った草むらと草むらが絡みあっているだけで、肝心な部分はまったく体の中深くにしまわれてしまっているといった感じだった。

前後の振動が加えられ、さらに膣の中を微妙に締めながらの上下ピストン運動が行なわれる。正人の茎がようやく見え隠れしだした。一定の搏動《はくどう》と共に見える肉茎は、猥雑かつ妖しく輝いている。純子の愛くるしい滴り汁は、正人の陰嚢まで濡らし、裏側に垂れていった。

正人は必死で純子の上からの行為に、抵抗を繰り返した。

ベッドの上へズリ上がろうとすると彼の首はベッドのヘッドポールに打ち当たり、首が折れ曲がってしまう。彼のズリ上がりにあわせて、というより、彼の体の上にいるままに、純子の位置も前方に移動する。

彼女はヘッドポールを摑むと、快感に任せて、自分本意のピストン運動を激しく加えだした。

「ああ、いいわ、いいわ。そのまんまよ。とっても気持ちがいいわ」

ポールがカタンカタンと音をたてている。

ベッドに腰が沈み、正人の体がくの字になる。

「うっ、うっ、うっ」

彼も声が出てしまう。両腕でしっかりポールを握っている純子は、ただただ体の揺れと押し寄せる昂まりに身を任せていた。

「ああん。いいわあ。素敵よお」

「純子さん、そんなに動かさないで下さい。もう僕、我慢できない」

正人は自分のペニスが折れてしまうのではないかと思いながらも、純子の体の奥にペニスが到達するたびに走る、深い快感に酔い痴れていた。

「どうなるって言うの？　イキたいの？」

「そんなこと続けたら……僕、もう……」

そう言いつつも、正人は無我夢中で、純子のすでに汗でしっとりしている茂みの下の割れ目に指を滑り込ませていく。

「ああっ、それだめよ。中に入っているのにそこ触ったらへんになっちゃう」

正人は、とっさにこれで少しは逆襲できると考えた。

わりとすんなりと、勃起している突起を探り当てると、そこを回すようにしていじりだした。

「ああっ、いけないわ」

しかし、これは正人には逆効果でもあった。純子が膣口を締め始めたからだ。純子は正人の手を握りしめるといっそう膣の中に力を入れてきた。

正人はこの攻撃から逃れようと、なおも純子の体の下でジタバタ暴れていたものの、もはやそれ以上我慢することができなかった。

足を開いたり閉じたりして、もがけばもがくほど感じていく自分が情けなかった。

やがて純子の腰の振りが痙攣状に伝わってくると、正人の若茎の内側に、熱いものが上がってくるのが感じられた。

「イッてもいいですか?」

「だめよ。イキそうだったら、もうやめるわよ」

「そ、そんな……」

純子が体の動きをやめると、正人は思わず体を起こして、純子に抱きついた。二人が向き合って、互いに相手の背中を抱き締めるような対面座位になると、正人の足がまっすぐ閉じ合わされ、睾丸が腿の付け根の上にはみ出して固定される形になった。

したがって純子の会陰のあたりによる睾丸への摩擦が強められることになる。

再び純子が体を揺らしはじめると、正人の肉棒への血液流入が再び始まった。

「胸のボタンをはずして！」

今までにない長さの行為にあえぎながらも、正人は必死に耐え、純子の上半身を剥いでいった。ブラジャーが上にズリあげられると、純子のほうからその柔らかく熟した乳房を正人の口の中に押し込んできた。

「舐めて。うんと舐めて」

純子の指示に従い、舌をふんだんに使ってそのやや大きめで威張ったように突き出した乳首を口の中で転がす。

すでにその先端は硬くなっていた。

（ああ、いい香りだ）

純子の柔肌から発する優しい匂い。それが胸元にかいたわずかな汗の匂いに混ざって、鼻孔をくすぐった。

（素敵だ。柔らかくて素敵だ）

赤児のようにング、ングと乳首を飲み込まんばかりに吸い、さらにチュッチュッと先端を鳥のようにつついた。やがて両乳房に顔を埋め込むようにしてむしゃぶりつくと、純子もお尻を左右に揺すったり、前後に動かしたりしだした。

正人は睾丸に純子のアヌスのあたりが打ちつけられているのを感じていた。それは柔らかい微妙な刺激だった。しかしその動きにもリズムがついてくると、正人の快感はまたしても一気に押し上げられていった。

正人はつい夢中になって純子のお尻を鷲摑みにした。すると、お尻をペニスの根元のほうに引き寄せる形になったため、結合が深くなり、二人して昂まることになってしまった。小刻みなピストン運動から、純子の激しい腰振りダンスが始まる。

「あああ、もうだめです。許してお願い」

「うんうん。いいわ、いいわよ、イッて。イッちゃいなさい！」

正人は力尽きて、とうとう、憧れの純子の体内に熱い白濁液を噴き出させてしまったのである。

「ああああ……」

「イッたのね、イッちゃったのねえ。……あああ、私もイキそうよ。ああ、ああっ、イクうううう……」

ベッドがガクンガクンと音をたてる中で、純子も体内に熱いものを感じたためか、激しく深く達してしまった。

正人は、念願の純子の体の中で、自分の体液を思い切り吐いた満足感と同時に、抵抗できずに純子の下敷きとなって犯された屈辱感とが入り混じった複雑な快感を得ていた。

しかし、今の正人はそれ以上に、「やはり自分は最初に純子に捧げたかった」という後悔の気持ちが大きく支配していたのである。

純子は、夜勤の相棒との交替の時間ギリギリになってしまったので、あわててその場を立ち去った。

彼女は部屋を出る時、

「私、あなたにお仕置きをしたつもりだったけど、感じちゃって、イッちゃったわ。ここに呼び入れての折檻は失敗ってことかしら。だからあなたにはもう一度ちゃんとした形でお灸をすえてあげるわ。これくらいじゃあ私の気持ちが収まらないから。私には、〝正人に受けてもらいたいもの〟があるの。それに耐えることができたら、盗みや和代さんや、婦長とのことも、すべて水に流してあげる」

そう言い残していったのである。

第五章　術後処置

1

純子の言う〝さらなるお仕置きとして受けてもらいたいもの〟は、直腸への過酷な検査であった。

胃カメラですっかり参ってしまっていた彼は検査への不安を募らせていた。

血便が出たことなど過去に一度もなかったし、入院してからは腸の調子はすこぶるよくなっていた。そのためあえて腸の検査を受けるまでもなかったのだ。もちろんしておくにこしたことはないが、かねてから噂の、きついファイバースコープまでしなくてもよいのではと正人は思っていた。

しかし、純子は、正人が「やってほしい」と言っていると、内視鏡の担当女医をそそのかしたのである。この医師と純子は仲がよかったのだ。

純子が朝の十時になると薬を持ってやってきた。

正人は観念した。

(これで純子さんに許してもらえるんだったら……)

ファイバー検査のための下剤、経口腸管洗浄剤を二リットルも飲むことになる。

「二時間かけて全部飲み干すのよ」

明るい声の純子とは対照的に正人の沈鬱感が増す。

(純子さんは、この試練を僕に課するのが楽しくて仕方がないといった感じじゃないか)

そのなんともまずい液体は、一時間もすると激しい下痢を引き起こした。

五回くらいトイレに駆け込んだあたりで、純子が再び来て、

「コップについだら一気飲みよ。ほら手伝ってあげるわよ」

もたもたしている正人のボトルを取り上げると、コップに注ぎ、口元までもっていってくれた。

「口開けて! 入れるわよ。こぼしちゃだめよ」

んぐ、んぐ、んぐ……。

強引に飲まされたその液体は舌に不快感を残してまとわりついてくる。

正人は度重なる下痢のため、すでに消耗していた。にもかかわらず、純子によって、コップ一杯ずつの下剤を強引に何度も一気飲みさせられてしまう。

「こうやって飲むのよ。いい？」

(もうやめて、そんなの)

またもや便意をもよおす。

こうして十回近くもトイレに駆け込み、衰弱は著しいものとなった。

午後の二時になって肛門からファイバースコープを入れられることになった。

再び内視鏡室に連れていかれ、胃カメラの時と同じ診察台に上るのだ。

「じゃあ下半身脱いでこのパンツに穿き換えて。穴のあいているほうが後ろね」

サウナで穿くような大きめの紙パンツの後ろ側には、ちょうど肛門が見えるように穴があいていた。

そのパンツを穿いて台の上に横たわると、肛門に麻酔剤を塗布される。

(胃カメラの時、口をゆすいで、だんだん口の中が痺れていったアレと同じものだ)

純子は、入口のみならず、直腸にまで指を差し込み、わざとグネグネといたずらをする。麻酔でやや鈍くなってはきたものの、彼女の手袋をした指が直腸を刺激しているのを感じて犯されているような気分になる。

そこへそっけない感じの担当の女医が近づいてきた。

正人が目をつぶった途端、遠慮なく肛門鏡がアヌスを押し広げ、とうとうカメラのついた管が差し込まれてしまった。

「ううっ」

管はグルルルと体の中に入っていく。

やがてカーブにくると動かなくなった。S字結腸のあたりか？

女医は奥へ曲り込ませるために激しく揺さぶりをかける。

「入っていかないわねえ」

女医の言葉を受けて、純子も管を揺すり無理やり奥へ送り込ませようとする。

「もっとこうやってピストン運動させちゃえば？」

純子が管を前後に揺らす度に、腸管のみならず体まで振動する。

「ううう。痛い、痛い……」

(ゲイの人が初めてアナルセックスでピストン運動を受けて責められるっていうのは、こういう感じなのだろうか？)

妙な想像が頭をかすめていた。

「いたたた……」

正人は悶絶した。

ファイバースコープは、腸の中をモニターに映しながら進んでいく。

曲所での痛みは、直腸からS字に曲がるところのみならず、下行結腸に曲がる時にも、その上の横行結腸、上行結腸でも、とにかくカーブにくる度に引き起こされた。

そして管の進行が止まってしまうと、女医は遠慮なく管を揺さぶって、むりやりカーブを通していく。そしてそのたびに純子も手を貸したのであった。

「あなたはペニスだけじゃなく、お尻も未発達だから、もっともっとこうやって鍛えてあげるわ」

女医は笑いながら、

「まさにお尻のレイプね」

と、手の力を強めた。

「あああ、イ・タ・イー！」

(女性二人してそんなに責めないで、お願いだ！)

心の中で叫んでいた。胃カメラの時のように体のどこかをさすっていて欲しかった。

手探りで純子の手がどこかにないかと探した。

しかしその甲斐なく、握るものは何もみつからなかった。

こうして純子の手も加わった責めの行為は三十分も続けられた。

途中から痛み止めの点滴が加えられたものの、もがき苦しみはほとんど最後まで変わらなかった。管が抜かれると、ヨロヨロしながら台を降り、浴衣に着替える。

病室に戻ると、ダメージが大きく、一時間は横になっていた。

バージンを失った女や、初めてアヌスを奪われたゲイは、こんな気持ちになるのだろうか。体に異物感を残すということを身をもって知らされた思いがした。

ベッドの上で、正人は管などないのに管がまだ入っているような感覚を、アヌスにいつまでも抱いていた。しかしそれは、彼にとっては、まさに被虐的な快感とも呼べるものであった。

純子はそれっきり姿を見せなかった。

2

思えば、この病院に来て以来、ずいぶんと多くの検査を受けたことになる。心電図やエコー、CTスキャン、MRI等で驚いていた最初の頃に比べたら、胃カメラや大腸ファイバースコープは、体の深部まで届くだけにかなりの苦しさや痛みをもたらした。正人は、虐待され続けた犬がすっかりいじけて、しっぽを巻いていくのに近い感覚を持っていた。

しかし、こんな目に遭わされたことで、かえって純子の自分への思いを、十分すぎるほど感じることになった。

結局、今までの多くの検査からいえることは、最初に院長が推測したとおり、精神的な原因が九十パーセント占めて病状を作っていたということだ。これがわかっただけでもこの入院は十分成果があったのだ。

その上、童貞まで捧げることになった。麗子、和代、そして憧れの純子に犯される体験。もうこれだけでも密度の濃い入院生活だったことは確かだ。

まもなく退院が迫っていた。

(自分でも「神経的な要因がすべてだ」と言われると「そうなんだ」と納得する。よくいえばデリケート、悪くいえば神経質な自分の性格から導き出された症状ということだろう……)

正人は、そんなことを思っていた。

しかし、下腹部のモアッとした鈍い奇妙な感覚だけは、今までの検査では原因の特定はなされていない。

医者はヘルニアの疑いをかけるものの、触診ではなんの所見も見いだせない。

正人は退院を前にして、最後にヘルニオグラフィーで下腹部撮影を受けることになった。

彼は検査という言葉にも慣れっこになってきていた。というか、もう今まで以上の過酷な検査はないであろうと、開き直っていたのである。

ただ、受けなければならない試練に対しては覚悟しているものの、せめて検査中、看護婦の優しさを期待していたことも確かだった。とりわけ純子にはいつもいてもらいたかった。彼女さえいてくれたら、どんな過酷な検査でも平気な気がしていた。

ヘルニオグラフィーについては「腹部に太い注射を打って造影剤を入れる」と説明されただけだった。

(純子さんはきてくれるんだろうか?)

正人は、気持ちを落ち着けるためにも早めにレントゲン室のところにいき、部屋の前にならんでいる長椅子に座って呼吸を整えようと考えた。

五つあるレントゲン室は一つを除いて、ランプがついていず、使用中ではなかった。

ヘルニオグラフィーは、肺やCT検査で入ったことのある部屋とは別なところだ。

（どんな台に寝かされるのか、あらかじめ見ておいてもいいだろう）

指定の時間まであと三十分もあったにもかかわらず、正人はそっとドアを開けてみた。中に入ると、着替え室として使われている小部屋があり、その向こうがレントゲン設備が置かれている部屋だった。

正人はもう一つドアのノブをひねってみる。

中はシーンとしているのだが……。

しかし何か変な音がする。クチュッ、クチュッ、チュポッ……という、何かを口でしゃぶっているような音がしているではないか。

そこに正人が見たものは、山口千里が、椅子に座っている若い医者の股間にしゃがみこみペニスを口に含んで動かしている光景であった。医者は無精髭をはやした、見るからにいやらしそうな感じの男である。

正人の検査への意識はいっぺんでふっ飛んでしまった。

千里はいつもおとなしそうで、皆に便宜を計ってあげたり、秘密を守れることで評判だった。しかしそれは、とどのつまり、自分も院内で破廉恥なことをしていたがために、人にも秘密を作らせてあげていただけだったことを正人はこの時初めて知ることになった。

(なんの経験もなさそうな、あの幼な顔の千里までこんなことしていたなんて。この病院の看護婦たちは皆こんなことばかりしているのか!)

「上手だねえ」

「そんなことない……」

口に男の物をほおばりながら返事をしているので、言葉尻がはっきりしない。

肉茎を舌腹で螺旋を描くように何度もなぞり、横から唇ではさんでは舌先で刺激をしている。

茎全部が千里の唾液でベチャベチャになる。それをジュルジュルと飲み込んでいく。さらに亀頭の裏の三角地帯にキュウともチュウともつかない音で吸いついていく。

それがすむと、亀頭だけを口に含んで顔をグルグルと回転させながら舐めまくる。千里の髪が乱れている。

「気持ちいい?」

「ああ。すごいよ。こんなの初めてだ」

彼女は頬を思い切りへこませ、頬の内側の粘液で亀頭を圧迫する。

「ううっ、我慢できない」

さらに千里は頭からペニスの三分の一ぐらいをくわえてピストン運動を開始した。

男は腰をよじりだしただけでなく、チュパッ、チュパッという音が早まってくるにつれて、千里の頭を押さえつけ、腰を自ら動かし、千里の口の中を下からえぐりあげるように攻めたてた。

（あんなにしたら、喉がオエッってなってしまわないんだろうか）

彼女は、ウブな顔からは想像もできないくらい、巧みなテクニックを有していたのであった。彼女はグググと、どこまでも深く喉の奥にペニスをくわえ込んでは、先端まで素早く抜いていく。それは妙技に近かった。

（人はみかけによらないものだ）

生唾を呑み込みながら見ていると、医者は腰の動きを早め、それに伴って呼吸が荒くなっていった。

「ああ、千里の口は絶品だ。気持ちがいいよ……」

千里の髪の毛がどんどん乱れていき、チュポッ、チュポッという音に加速がかかる。そしてたまにジュポンと口から亀頭が飛び出てしまうこともあった。あわててそれを口にしまい込むと、再びピストン運動が続けられる。

「おおう、もうイッちゃう」

口に含んだまま、千里が「いいよお」とうなずく。

すると医者は天井を見るようにして顔を上げると、思い切り腰を突き上げ、「あっあっあっ」と、あっさりと果ててしまった。

あまりに大量の精液だったため、千里は口から溢れさせてしまったようだ。

彼女も「うっうっ」と、目を閉じ、ペニスを握り締めたまま、動けなかった。

(あんなにすごいやり方をしたら、自分だってそれだけで感じてしまうだろうに)

少し経つと、千里は茎と自分の手についた夥しい唾液と精液をペロペロ、ペロペロと美味しそうに全部舐めとっていった。

医者はフーッと息を吐くと、萎んだ陰茎をズボンのファスナーの中にしまう。

「またやってくれよな」

「うん。まーね。気が向いたらね」

こんな時でも千里の言葉使いはやっぱり幼なかった。

彼女の口紅は全部剝げ取れてしまって、唇からズレてしまっている。

口内は男の精液の匂いで満ちているに違いなかった。

(あの新入りの千里までも、こういうことをしてたんだ……)

驚きだった。レントゲン室から幽霊がいるような声がしていると言っていた彼女だったのに、なんのことはない、幽霊というのは彼女自身のことであったのだ。

正人はドアの隙間をいったん閉めて、それからノックをした。

「少し早いんですけど、もう入ってもかまいませんか?」

そう言うと、中から千里が出てきて、

「どうぞ、どうぞ。私も先生も、もういつでもできるよう準備できてるわよー」

(なにが「準備できてる」だ。たった今までやらしいことしてたくせに)

まだ、いちゃつきのほてりが冷めやらぬ二人のもとで、正人のヘルニオグラフィーの検査が始まった。

上半身裸になって検査台に寝かされると、腹部に太い注射を打ち込まれ、造影剤を注入された。

そしてレントゲン台の上でいろいろの体位をとらされ、医者に腹部を揉まれ、撮影が開始された。何枚もの写真が撮られていく。

そして結果はなんと〝黒〟であった!

(こんな退院間近かになって、どうして?)

つまり触診ではわからなかったヘルニアが、腹膜を鈍い力で圧して出てきていたのだ。これが鳩尾《みぞおち》や下腹に奇妙な不快感を生んでいたのだった。

医者はモニターを指さして、

「ほらここがね、こんなに出てしまっているでしょ？」

と言った。

「かなり出てるぅ。これは〝オペ〟かしら」

千里は舌で唇をペロリと拭いながら〝手術《オペ》〟という不穏な単語を正人に浴びせかけたのであった。

かくして正人は、まもなく退院という時期に手術を受けるという思わぬ事態に遭遇した。

彼は、まだ病院生活を続けられるという喜びと、初めて手術を受けるという不安が入り混じった複雑な気持ちにさせられていた。

病室に戻っても、頭の中は空のままだった。

窓の外はドンヨリし、今にも雨が降ってきそうであった。

手術日が決まると、親がやってきて正人を個室に移す手配をした。

いよいよである。

3

正人が移った個室はささやかなものだった。テレビと冷蔵庫、洗面台はついていたものの、トイレがない八畳ぐらいの部屋だった。

今まで三人部屋だったので、たえず他人の行動や看護婦と患者の会話が気になったものだ。しかしここではそれはない。

正人は自分の気持ちにけじめをつけようとしていた。今まで正人にとってかなり淫らな出来事を幾つも見、体験した、まさにその病院で、自分が切り刻まれるのである。頭の中がなかなか切り替わらなかった。どうしてもこの事実を受け入れることが難しかったのである。

そうこうしているうちに、剃毛の時がついにやってきてしまった。

純子が床屋で使うシェービング用具を持って病室を訪れたのは、手術の前日の午後であった。

「じゃあ、正人君。剃毛をするから、下着を取って」

粉末石鹼をお湯で溶いたものをブラシでブクブクと泡だて、それを正人のヘアにつけていった。

（入院したての頃隣にいた男は、こういうことをされていたんだ）

女が一方的に男のアンダーヘアを剃る。しかも初対面の若い女にいきなり下着を脱がされ、性器を露出し、摘まれる。無抵抗で無防備なだけに、どうしても一方的な羞恥心に苛まれ、下手すれば〝女にアンダーヘアを剃られるという稀有な体験〟として精神的な後遺症すら残してしまう。

（仕事とはいえこんなことを……）

正人がそんなことを考えている間にも、純子はジリッジリッという音と共に、丘の部分から剃りはじめ、鼠蹊部も剃ると、刃はとうとうなだれた陰茎に及んだ。

やはり恐怖を感じているのか、そこは小さく、自分でも可愛いと思うほど少年の〝つぼみオチンチン〟状態であった。

純子はフニャフニャのそれをつかみ、裏返し、根元の毛まで剃っていく。

ジョリッ、ジョリッという音だけが静かで小さな個室に響く。

陰嚢の方から陰茎の裏側へ……。茎は何度も摘まれ表にされたり裏にされたりした。

そのうちに、それは正人の意思に反してムクムクとなってきて、純子の手の中でいっぱいになってしまった。

（隣のベッドのやつもそうだった）

カーテン越しに無限にいやらしく感じていたものは、こういうことだったのかと、あらためてショックを受けた。

この瞬間だけは翌日に迫った手術の不安を忘れていた。

剃り終わっても勃っていたので、純子は、

「こんなに元気だったら明日の手術は心配いらないわね」

と言い、その肉棒全体を掌でビンビンと叩いた。小学生のようなそこはそれでも勇ましくビュンビュンと跳ね返る。

「もう当分ここも使えなくなっちゃうのよ。ちょっといたずらしちゃおうかなあ」

すると、彼女は正人の浴衣の紐を解き、それでカリ首のあたりを縛ってしまった。そして、淫らな冗談を口にしながら、無毛の丘から屹立している青ペニスを弄んだのである。

正人は恥ずかしくも屈辱的であった。

こうしてしばらくいたずらをしていた純子は、紐をカリ首からはずすこともなく、剃毛用具を持って、ささと病室を出ていってしまったのである。

一人になるともう一度自分の肉棒を眺めてみた。ただただ情けないばかりであった。

手術の当日は、大雨であった。入院してからというもの本当によく雨が降る。といっても病人には外のことは何も関係がない。ただ窓から見える景色がひどく遠いものに感じられた。雨にけぶりながらも多摩川はゆるやかに流れている。自分のペニスを見るたびに、さすがの正人も、「いよいよ本当に手術されるんだ」という実感が湧いてきた。

午前十時、今度は、ミサがやってきた。

正人はトイレに連れていかれ、浴衣をたくし上げてお尻をつきだすように言われた。浣腸である。

先端が膨らんでいる太い注射器が、いきなりグイッと肛門に入り込み、グリセリンの浣腸液がクーッと注入されていく。大腸ファイバースコープのせいで、尻に何かされる快感ともいえるものが体に出来上がっているように感じた。

「とにかくできるだけ我慢してね」とは言われても、強力な薬ゆえ、五分もたせられればいいほうだった。

一、二分で便意をもよおし、四分ぐらいで全身は震え、身悶えせんばかりとなってしまった。

「も、もうこれ以上は無理だよ。してもいいでしょ？」

「だめよ、あと五分はもたせないと」

ミサは正人の萎縮した陰茎を柔らかく揉み回しはじめた。後ろ側に迫りくる刺激と、前に施される刺激があいまって、下半身全体に大きな排泄願望がもたらされていく。

柔茎はこんな最中にも膨脹し、痙攣しはじめている。

ミサは掌で茎をしっかり握り締め前後にゆっくり動かしている。

下半身が緩むのが感じられた。

「おかしくなりそう。もう出させてー」

正人は叫んだ。

マゾヒスティックな快感を伴いながら限界まで我慢した正人は、ついに便座に腰を下ろし、激しく茶霧を噴霧してしまった。便器の中側が汚れる。

密室での怪しいプレイと感じていた正人は、その後すぐに、個室を出ていってしまったミサのことが名残り惜しかった。

いったんトイレから出た正人だったが、その後もう一度トイレにいく。

「完全に出しきったかどうか確認するから、流さないで見せてね」

とミサが言い、トイレに再び一緒に入る。

自分の茶霧が見られてしまう羞恥心で正人は赤面の限りだった。

しかしもう二回目にして残存はほとんどなかった。

(看護婦さんていうのはなんて恥ずかしいことを平気でするんだろう)

正人はたじたじであった。

正人が手術室に運ばれたのは午後の四時頃だった。急患が正人の前に二人も入ったため、予定より大幅に遅れることになってしまったのだ。

ストレッチャーにベッドから移し変えられると、もう完全に病人だった。安定剤が打たれていることもあり、焦燥感のようなものはない。

ガラガラとストレッチャーが廊下を進み、エレベーターを経て、それまで徘徊したことのない通路へと入っていった。手術室への廊下であった。

天井の景色が足元から頭の方向へ流れていく。

ドアを何枚かすぎると、明るい部屋につき、看護婦三人によって抱えられ手術台に寝かされる。正人はその中の一人に思わずしがみつき、今生の別れのような気分になっていた。

明るいライトの下から見上げると、今まで会ったことのない絶世の美女たちの顔があった。

（病院の最深部にはこんなにも美しい女たちがいたのか！）

いわゆるオペ室勤務の看護婦たちであった。

青い手術着が、白衣とは違った精悍な緊張感を作り出していた。

丸裸にされている正人の陰茎は、もはや金魚よりもはるかに小さく萎縮して、小さな朝顔のつぼみのように足の間にチョンとついているにすぎなかった。

この期に及んで羞恥もへちまもないはずなのだが、やはり恥ずかしかった。

手術台の上で、横を向かせられ、腰椎麻酔をすることから始まった。チクッとした痛みを腰に感じた後は、両足が痺れ重く温かいような感じで麻酔が浸透していくのがわかった。

正人の体の上に布が被せられると、いよいよ手術が始まった。

手術中は麻酔が効いているにもかかわらず内臓が引っ張られるような感覚に襲われ、ウグググッ、と正人は何度も呻き声をあげてしまう。

麻酔を途中で追加してはオペが続く。

そして手術は三十分ほどで終わった。

再び看護婦たちの手で、ブリーフのかわりに、まるでふんどしのようなT字帯がつけられ、浴衣を着せられ、ストレッチャーに乗せられる。

自分の病室に戻される途中、正人はすっかり自分の中が空になっていくのを感じていた。

(ああ、病人なんだなあ)

大きな溜息が出た。

左腕についた点滴がポタッポタッと気が遠くなるような遅い速度で落ちている。

いつしか正人は深い眠りに落ちていた。

4

真夜中、正人は点滴を交換しにきた看護婦の足音で目を開けた。

純子だった。

「大丈夫?」

優しい声だった。

「窓のブラインドは閉める?」

「いいです。大丈夫。閉めるとなんかうっとうしくなっちゃうから」

正人は狭い部屋にいると閉塞感を感じるタイプなのでそう言ったまでで、病人で動けない以上どうでもいいことだった。

正人は再び寝入ってしまった。痛みがひどかった。

深夜、純子が何度も様子を見にきてくれたことだけは記憶している。

点滴を取り替える。

「痛む？」

「うん。僕だめ、もう痛くて」

「痛み止めの注射する？　でも痛いよ、これも」

それでも打ってもらうことにした。彼女はすぐに注射器を持ってきて手際良く対処する。注射の驚くほどの痛みは、まだ彼女の仕置きの延長なんではなかろうかと思わせるほどであった。

かくして朝まで何度か彼女は正人の部屋に来てくれた。

〝手術の晩について〟の知識のない正人は、これが決められた法則によってなされていることも知らずに、純子の特別の配慮か愛情だと勝手に考えていた。

しかし、純子が正人の部屋を覗いた回数は確かに通常より多かったかもしれない。

尿瓶で小水を取ってもらったのもこの時が最初である。

何か純子に借りができたような気持ちにさせられていた。

看護婦ならあたりまえにしてくれること——つまり陰茎を摘んで尿瓶の口に差し込んでもらう——がひどく申し訳ないことのように感じたのである。

純子の虜になってしまっていた正人は、この時期になると、麗子やミサの存在をさて置いて、まずは〝純子〟であった。

だから、翌朝のヴァイタルチェックを最後に、純子が姿を見せなくなってしまった時は、なんともいえぬ寂しい気持ちにさせられたものだった。

彼女は夜勤明けに二日続きの休みをとっていたのだ。

正人の麻酔は手術の翌日には取れ、両足の感覚は元に戻ってきた。

しかしペニスだけはなかなか感覚が戻らなかった。

麗子婦長がやってきた時、言ってみた。

「あのう、おちんちんの感覚が……」

麗子は布団の中に手を入れ、T字帯の帯をほどくと、正人のうなだれた陰茎を握ってみる。

「全然感覚ないの？」

「ないです」

正人は悲しかった。

「大丈夫。明日か明後日には戻るから。平気よ。心配いらないわよ。私が毎日握って確認してあげるから」

ムンムンとした雰囲気と甘い体臭が病身の正人にはつらいほど刺激が強かった。

時間が経つにつれ、感覚は茎の部分のみならず心配していた先端まで少しずつ戻っていった。

術後は午前中も午後も、長い時間がかかる点滴を何本も受け、〝看護婦に看護されている〟という実感があり、正人は幸福感を味わっていた。

純子が久し振りに来た時も、ペニスのことを言うと、彼女も正人のT字帯の中に手を差し入れ、感覚の戻りを確かめた。

「足は戻っているのに先端だけが感覚の戻りが遅いっていうのは面白いわね。でも大丈夫。明日には完全に元通りよ」

彼女も麗子と同じことを言ったので正人はホッとした。

やがてペニスの感覚も戻り、三日目には歩けるようになった。それまで何回尿瓶でとってもらったことか。排便は術前の強力な浣腸のおかげで出るものはまだなかった。

それにしても純子の度重なる〝尿瓶〟には頭が下がる思いであった。

そして今度は自分がしてあげる番だと、勘違いを起こしていた。

純子と麗子の茎握りは毎日続いたが、先に一歩踏みだしたのは純子であった。

「こっちは元気になってきたみたいね。私がお口でしてあげるわ」

四日目のことである。

まだひ弱でダメージを受けた直後という様相のペニスは、純子にくわえられ面食らっていた。ゆっくり口の中で亀頭が転がされはじめると「感じていくのが怖い」という感覚を正人はいだいた。どうなってしまうんだろうという不安感である。

小さいマシュマロのまま口の中で満遍なく動かされていると、若い陰茎は血液を蓄えさせ、起き上がってきた。

彼女はそれをくわえたまま、ゆっくりゆっくり上下のピストン運動を繰り返す。

もうそれだけで十分強い刺激があった。そしてそれなりに勃起するにいたった。

しかし手術前のようなテカってエラを張るというわけにはいかない。控え目な勃起といった感じである。

純子の口の中が異様に熱く感じられ、とても我慢できる状況ではなかった。

純子はゆっくり優しく肉茎を喉の奥のほうにまで含んでは、スーっとカリ首の方に口を引いていった。

ただでさえ性的に未熟なのに、術後とあってはなす術もない。

ものの一、二分、そんなことを続けられただけで、あれよあれよという間に昂まりが来てしまった。正人は「ううっ」と呻き声をあげたかと思うと、異様に濃いザーメンを純子の口の中に吐き出してしまう結果となった。

出る瞬間、普通とは違うある種の痺れを伴うような感覚があり、強い快感の中でのエクスタシーだった。

「うーん、ざらついてる。飲みやすくはないわね、今の正人君のは」

「ごめんなさい、そんなことまでしてもらって……」

正人は大きな借りを感じるばかりだった。

この時、正人は、自分も何かしてあげなければと真剣に考えるようになっていた。

そんな矢先、純子から、

「正人君、私、こうやってあなたのことといろいろお世話してあげてるわよね。だからあなたにもやってほしいと思うことがあるんだけれど」

タイミングとしてはよかった。

「あのう、どんなことですか?」

「あなたの体から出るものを飲んであげたわけだから、今度はあなたの番よ」

「と言うと?」

「オシッコに決まってるじゃない」

正人はびっくりした。そんな経験はなかったからである。第一そんなもの飲めるものとは思ってもいなかった。

「オシッコは無菌だし、それに第二のセックスって言われているものなの」

(確かに何度も尿瓶で取ってもらってるし、精液も飲んでもらっている。自分こそ彼女のものを飲んであげないとフェアでないことは事実だ)

正人の体はまだ結合によって一体感を得られる状態ではないので、なんらかの形で二人一緒になるしかない、ということも純子は考えていたのかもしれない。

「僕、します!」

正人は従順だった。

「そう! 正人君、エライ。イイ子ね」

と、嬉しそうな顔をした純子は、さっそく、パンストとパンティをとると、正人のベッドの上に上がってきた。そして枕元にある寝汗などをかいた時に使用するためのタオルを枕の上と横に敷く。そして、彼の顔を跨いだのだ。

正人の首のあたりに座るようにすると、彼の口に、純子の性器がピタリとあたるようになる。軟体の生き物に吸いつかれたような柔らかい感触が口唇全体を包む。

「いい、こぼさないようにね。口を半開きにしてしっかり押し当ててね。小出しにするから全部飲むのよ」

純子はベッドの鉄製のヘッドポールを両手でつかみ、両腿でしっかり正人の顔を挟む。正人の目の前が真っ暗になる。腰全体の重さが口にかかり、淫蜜の匂いが鼻腔を刺激した。

すると、口の中にザーッと温かい液体が勢いよく入ってきた。

それはチャポ、チャポ、チャポと口の中を満たし、やがてビールの泡のように溢れ出した。

「ほらほら飲んでしまわないと。ゴックンしなさい。そうしないと次がつげないでしょ」

生まれて初めて飲んだ尿の味は、甘さとしょっぱさと、ほのかな辛さがミックスされたような複雑なものであった。正人は、口内に大量に溜まったそれを一気に飲みほした。

再びザザーッと液体が入ってくると、同じような勢いで溜まってきては、またしてもワーッと表面張力をもって溢れあがっていく。

ング、ング、ング。

ふと、経口腸管洗浄剤をコップ一杯ずつゴックゴックと飲まされた時を思い出していた。

「苦しいです。少し休ませて下さい」

「だめよ、そんなに止めたり出したりしたら私、気持ち悪いじゃない。もう少しだから頑張りなさい」

そう促がされると頑張らない訳にはいかない。ゴクゴクと飲んでいくと体の中が温かくなってくる。純子の体内の物が正人に委譲され、胃袋が膨れていくと幸せな気分になっていった。

必死で飲み終えたそれは三百ミリリットルにはなっていただろうか。

純子は顔の上から降りると、顎のところに零《こぼ》した幾筋かの尿垂れを正人に自分でタオルで拭かせた。

タオルが効を奏して、枕元が一大事になることはなかった。滴がシーツの上に点々と落ちている。

彼女はベッドから降りると、

「正人君、そのタオルで私のココも拭いて」

と、後始末を強要する。正人は、まだビショビショに濡れた陰裂にタオルをあてがい、丁寧に汁気を拭っていった。純子は、パンストとパンティを穿くと、スカートをピチッと直し、ナースサンダルを履いた。

その時正人の目には、彼女に後光がさしているように、見えていた。

そして深いところで一体になれたような満足感でいっぱいであった。

この出来事は、食事や飲み物制限のある手術を受けたわけではなかったのでなしえた事柄だったのである。

5

術後六日で半抜糸。麗子が、

「あと一息よ」

と明るい声をかけにきてくれた。

そして麗子はごく当たり前という顔をして、すっかり萎縮した陰茎に触れると、

「もう感覚も戻ってきたでしょ？　純子にいたずらされちゃったんじゃない？」

いやらしい笑みを浮かべ、純子と正人とのことをお見通しなはずなのに、自らもまだ正人にちょっかいをだそうとしているのである。

「オチンチンの具合をちょっと見てみましょうね」

麗子は、布団を捲り、ベッドの上に横座りになって、正人の浴衣の前を開くと、T字帯の紐をほどくことなく、横から柔茎をポロッと出させてしまう。

麗子は人差し指の爪先で亀頭部分をピンピンと弾いて感覚をみる。そして、親指と人差し指と中指で首の部分を軽く摘むと、グイッと引き上げていった。そしてキュッキュと締めながらやがて上下運動にしていく。

かなりゆっくりなテンポながらも、そこが大きくなってくると、彼女は一気に口に含んでしまった。

術後の行為を純子より先に奪われなかったことが正人には幸いだった。

麗子のやり方は純子のとは違い、即物的にすぐにイカしにかかるものであった。じらしに耐えられるものではないと判断したからであろう。

麗子は常に亀頭のみを舐めながら、茎部分を指股で締め、揉み、指の輪で上下にしごいた。そしてときおり、陰嚢を軽く引っ張ったり、揺すったりもした。

手の動きが多くなると、口から亀頭部分がはずれがちになる。そのつどチュパッという音がし、勢いのよさを知らしめることになる。

両手の指の輪で茎を握って、力を入れたり、弱めたりしながら、鈴口をチロチロと舌先で刺激し、三角地帯を舌の腹で激しく舐めあげる。

正人はもうこれだけで、昂まるに十分なだけの刺激を得ていた。

ペニスそのものは手術の影響でまだ全体に虚弱で、元気を取り戻すにはいたっていない。それもあってか、あっという間に、熱くて白いものがこみ上がってきた。

「ううう……………」

正人は彼女のテクニックに応戦もできず、ただただあお向けのマグロ状態のまま果ててしまった。

頬を膨らませていったん蓄えたものが、麗子の口からツーっと流れ出た。

「あっ、ごめんなさい」

と正人はタオルをとろうとしたが、彼女は舌なめずりして拭ってしまった。

「僕も何かしてあげたいです。自分だけイッちゃって申し訳なくて」

正人は純子にしてあげたことを思い出し、咄嗟にそう口に出してしまっていた。

術後三日目から歩きだし、四日目ぐらいからは歩行距離も伸びてきていたのだが、切開したところが、下腹のちょうど折り曲がる位置だけに、正人には起きたり寝たりの動作がまだ痛くて辛かったのだ。

「じゃあ、せめて私の、舐めて」

正人は純子の時と同じように、下半身の衣類を取った麗子に顔を跨がれ、しゃがまれた。

麗子がはじめて性器を見せてくれた時は緊張のあまり、ジックリ観察できなかったが、今回はだいぶ余裕ができて、しっかり見ることができた。

麗子の性器はやはり毛深く、見るからに下品で野卑な様相をしていた。大陰唇はムンムンたる性臭を放ち、ヘアは会陰の方にまで菱型《ひしがた》にワサワサと密生している。小陰唇はすでに分泌液で満ち、暗褐色をしている。

「舌が今唯一自在に動く器官ね。だったらもっともっといろいろに使ってごらんなさい。私をイカすまで舐めて」

正人は夢中で陰唇の間に舌を分け入らせ、ヌルヌルのそこを丹念に舐めだした。溢れ出す蜜を犬舐めする中で、アズキ大の陰核を発見。

そこに吸いつくと、

「はあん」

と麗子は声をあげた。

コリコリする突起は充血し硬くなってきている。

「それを捲ると中身が出るのよ」

正人はいわれるがままに包皮を捲ると、つやつやした三角形の肉芽が露出した。自分でも捲り方のコツがわかってきたような気がした。

正人のチューチュー、ジュルジュルという音が猥雑に響く。

「ああ、いいわ。正人」

麗子の呼吸が大きくなる。

正人は夢中で舐めまくった。やがて麗子は、

「正人くん。もっとお尻の方まで舐めてくれる?」

そう言い、麗子はさらに前の方に位置をずらせ、正人の顔の真上にお尻をもっていった。

陰裂から溢れ出ている蜜は肛門の方にまで回り、その薄茶色のすぼまった藤壺をもネットリと濡らしていた。

「そ、そこよ」

麗子は正人の口の上に肛門をあてがうとゆっくり前後に体を動かした。彼女のそこは熱を帯び、その粘膜はみるみるうちに充血を起こしていった。

正人は夢中になって舐めまわした。すると彼の舌の動きにあわせてヒクヒクと痙攣と弛緩を繰り返した。

正人の口の周りはとろけんばかりの体液でまみれている。

麗子は今度は体の位置を下げていき、再び陰核が正人の口の中に入るようにした。そしてまたしても、動きを早めていった。

ヘッドポールに両手でつかまり、ベッドがずれてしまうんではなかろうかと思うほどに腰をくねらす。ベッドがギシギシと泣き、ヘッドポールにかけてあるナースコールのブザーが揺れてカチンカチンと音をたてる。

麗子の腰振りがあまりに激しく、正人はもう舌先を動かさなくてもよいくらいになっていた。

「あっあっ、あああん」

麗子は嗚咽ともすすり泣きともつかぬ声を出す。

正人の口に全体重が乗っているので、歯が折れそうに重かった。

唇が捲れ上がり、口の中にヘアが何本か紛れ込んで、歯にはさまる。

毛深いそこは、擦れるたびに一本ずつちぎれていくんではないかとさえ思えた。

口の中いっぱいに大陰唇が収め込まれると、麗子は一挙に高まり、やがて、陰核吸いが効いてしまったのか、とうとうイッてしまったのだ。

「はあああああ……」

6

術後七日目、正人は退院の日を迎えた。

正人は、午前中、院長直々の回診を受け、抜糸もすませた。

医者も病院も「もうこれですべて問題はありません」という結論を下したのであった。

「最初言ったとおりでしょ？　ストレス性というか神経性の病だったということですな。でも、ヘルニアの手術はやっておいてよかったでしょ」

そう院長はニコニコしながら話をした。

正人は嬉しいような悲しいような複雑な心境になっていた。

静養をかねてもう少し入院していてもよいのだが、手術を要する入院患者が増えてきたということもあり、もはやこれ以上の長逗留はしていられないのである。

「正人くん、一週間後、先生に見せにくるのよ。私たちも待っているからね」

麗子婦長が明るい笑顔で言った。

退院時、看護婦たちは皆忙しく動き回っており、全員が勢ぞろいできるわけではない。正人は婦長の麗子と主任の純子には挨拶できたものの、ミサや千里はじめ世話になった多くの看護婦には会えなかった。

いよいよ正人は受付で退院手続きをすることになった。肩から大きなボストンバッグをさげているその姿は、来た時とまったく同じである。

すべての手続き、支払いが終わった時、純子が降りてきた。

「正人くん、お大事に。来週の外来のあと〝特別室〟を確保しておくからね」

正人は、受付の人から渡された領収書を取り損ね、下に落としてしまった。

純子があわてて、しゃがんで拾う。

「ああ」

正人は再びスカートの中に純白のパンストを見た。

(ここから始まったんだ)

純子のパンストのシームは、いついかなる時にも中心線をピチッとズレたことはなかった。身だしなみのきちっとした人だった。

「最初会った時は純子さんがカルテ落としたんでしたね」

「そうね。今と逆」

彼女は名残り惜しそうな顔をした。それはそうだ。ほぼ毎日のように構っていた患者が去っていくのであるから寂しくないわけがなかった。

また、それ以上に自分に気持ちを寄せていることを正人は察していた。そして弄ぶに好都合な肉体が忘れられなくなっていることも……。

正人は純子に玄関まで見送られた。

タクシーは何台も列を作って待っていた。そのうちの一台に乗り込むと、手を振っている純子にお辞儀をしてタクシーを発進してもらった。

後ろを振り向いた時には純子の姿はなかった。白亜の病院が何事もなかったかのような風情で自分を送り出しているようにみえた。

第六章　最後の夜に

1

正人が病院を再び訪れたのはそれから一週間後であった。傷の経過をみてもらうためだ。

午後の外来診療は二時から五時までである。正人は純子に、夜の九時半に特別室にそっと来るよう言われていた。したがって、外来をなるべく遅く受けるようにした。

久し振りの病院は、先週まで自分が入院していたということが嘘のように、健全な慌ただしさの中にあった。

(看護婦が忙しく行き交う裏では、今でもあんなことが行なわれているのだろうか)

正人には遠い過去の夢のように感じられていた。

受付をすませ外来にいくと、医者は、

「傷口はとっても綺麗だし、もう大丈夫。君の腹部にはメッシュを入れるという最新の手術法をとっているので、ごく普通の生活をしていいからね」

と、語った。

長い入院生活は何か自分という人間を生まれ変わらせてしまったかのように思えた。そしてこれから、普通の生活をしてもよい、ということは、もうセックスも手術痕を気にすることなく何をしてもよいということを意味した。

外来で、すべてが終わったのは五時半過ぎだった。それから地下の食堂に行ったり休憩室やロビーで、約束の九時半までの間の暇をつぶさねばならなかった。

純子の指定した部屋は例の豪華な特別室。他の部屋は満杯にもかかわらずこの部屋だけはなぜかこの日も空いていた。

八時半になった時、正人は一応せっかく病院に来たのだからと、婦長室を訪れてみた。

ノックをすると中で「ハーイ」と返事が返ってきた。八時はとっくに過ぎており、いないと思っていたので正人は驚いた。ドアが開くと、中から麗子が現れ、

「あらあ、いらっしゃい。よく来てくれたわね」

と満面の笑みで迎えてくれた。

麗子は、「ここは人が来るので都合悪いから特別室に行こう」と提案した。

「書類を届けに来る人がいるんだけど、私がいない場合はドアに挟んでおいてくれるってことになってるのよ。でも、私がいるとわかったら長居されちゃうこと間違いなしでね」

とっさに正人の頭の中をよぎったのは「特別室はまずいんじゃないか」ということだった。九時半の純子との待ち合わせがその部屋なのだから。

正人は麗子が自分に対して何かをしようとしているのはわかっていた。

しかし他に手立てはなく、麗子に言われるがままに特別室へと向かう。

「どお、退院してからの生活は？　セックスとかしてみた？　まだお毛々が十分生えそろっていないから恥かしいかな」

「い、いいえ。でも生えたてなんでチクチクしますね」

特別室に入りドアを閉めると、麗子は天井の蛍光灯はつけず、ベッドの枕元の読書用ライトと、小さなテーブルスタンドのスイッチだけをＯＮにした。妖しげな明るさであった。

案の定、麗子は抱きつきざま、いきなり正人の股間を握ってきた。突然の行為にふいをつかれた正人は、当惑したものの、その股間は押し揉まれるほどにズボンの中で膨張していった。

そのままベッドに誘うと、麗子は今度は、正人に口づけをしてきた。麗子のやや厚い唇は正人の小さな口をすっぽり覆い、鼻の下のあたりまで唾液でベチョリとさせた。柔らかい生き物が正人の口の中で自在に動き出すと、それに連動するように下半身にズキンとするものが走る。

顔が後方に傾けられるたびに甘い唾液が正人の口の中いっぱいに入り込み、口の中がピチャピチャと音を立てる。

唇を離すと、二人の間にツーッと糸が引いた。

やがて、麗子はズボンの中でパンパンになってしまっている肉の塊を手で揉みながら、

「苦しそうね」

と言い、ズボンのファスナーに手をかけ、ブリーフまで下げてしまい、怒張した陰茎を外気に触れさせてしまった。

「まだ傷口は痛む？」

「痛くはありません。メッシュがちょっと固い感じがするくらいで。でも、つい腹部をかばってしまう生活です」

「そんなに心配しなくったって、もうアレだってできるのよ」

まだヘアがあまり生えてきていないために明るいところで見られると恥ずかしくてしかたがない。あたかも子供がペニスを大きくさせて威張っている、といった風情はいかにも情けなかった。麗子はその青いツボミを、まじまじと見つめると、

「可愛いわ。子供みたい」

と屈辱的な言葉を投げかけた。正人が隠そうとすると、その手は麗子の手で撥《は》ねのけられてしまい、その次の瞬間、その青ツボミはパクリとひと呑みされてしまった。

生温かい感触が肉棒を包んだ。

羞恥心と肉体感覚は別物だ。正人のそこは麗子の口の中でどんどんエラを張らせていく。

正人は思わず麗子の胸に手をもっていく。

「私に触っちゃだめ。あなた、純子のこと好きなんでしょ。純子もあなたに夢中よ。正人君が退院した後、あの子ボーッとしちゃっててね。『私どうしても正人と付き合いたい』ってはっきり私に言うんですもの。ま、婦長の私にちゃんと断ってから自分

の行動をとろうという気持ちは立派だけどね」

唇の輪が屹立した肉茎にそって上下運動するたびにクチュッ、クチュッ、チュバッという音がたつ。

「あなたの入院中は盗みの件をはじめいろいろあったし、私もあなたのことが気になったからあんなことしちゃったけど、最近は、あなたよりも若くって可愛い坊やが入院してきたんで、もう正人のことはいいやって。だから純子に言ったのよ。『今度会ったらちゃんと正人のことゲットしときなさい！』って。だから本当は、彼女に悪いし、こういうことあなたにしないつもりだったんだけど……」

麗子はそう殊勝なことを言いつつも、口による刺激をやめない。ヌメヌメした舌は縦横無尽に動き、陰茎の裏側表側を問わず這いずり回る。唾液が茎を伝って、ヘアがまだ生え出ていない〝少年の丘〟を濡らす。

手で丘を触れられるとまだチクチクする。

「あのう、麗子さんのスカートの中に手を入れてもいいですか？　僕も触りたい」

「だめよ、純子になんて申し開きするつもりなの？」

「そんなのつらいです。だって麗子さん今、僕の、直接舐めてるじゃないですか」

麗子はうるさい正人のために、しょうがないという表情で着衣の上から触ることを許可した。

正人は白衣の上からも十分ふくよかな胸の感触はわかった。そしてスカートの中に手を入れると、パンスト越しの愛撫がなんともいえないナイロンの悩ましい感触をかえって楽しませてくれた。

こうしている間に徐々に息が弾んできてしまった麗子は、

「パンティの上から触ってもいいわよ」

とさらに行為を一歩進めさせる。ナースサンダルを取り、自らパンストを降ろしてしまった。

そして足を開き気味にする。

その時、正人の目にパンティ脇にはみ出ているヘアが写った。

「あのうヘアがはみ出しているんですけど」

正直に言ってみた。

「まあ、正人君ったらいやらしいんだから。そんなこと口で言わないで、指でしまってちょうだい。それともお口を使ってしまうことできる?」

ひさしぶりに婦長らしい強い口調を聞いた。

彼はまだあまり前かがみになれないにもかかわらず、無理して麗子の股間に顔をもっていった。そして、舌先を使って麗子のヘアをパンティの脇のゴムの間に押し込もうとした。しかしヘアが唾液で濡れ、それがかえって腿の付け根に張りついてしまい、上手にパンティの中に収まってくれない。

「じれッたいわあ。早くやって。正人君、まさか私をじらしてるんじゃないでしょうねえ」

正人は仕方なく指でパンティの脇を引っ張り、入れ込もうとするが、引っ張りすぎて性器そのものが見えてしまった。

（ああ、なんて毛深いんだ）

霧吹きをかけたように汗ばんでいる陰裂から、透明な蜜が溢れでてきていた。

麗子はこれ以上こらえられなかったのか、正人にズボンとブリーフを取るように言い、ベッドに横たわった。麗子は白衣姿のまま、パンティを取ると、正人の上に騎乗位で座ったのである。すでにズキンズキンと脈打っている肉茎を、しっかり体の中に収めていった。膣内はすでにヌルヌルであった。

（あ、熱い。とっても……）

さすが看護婦の麗子は正人に腹圧をかけないよう、器用に膣を締めていく。そして上下に少しずつピストン運動を加える。

「ひさしぶりね。あなたの少し小さくなっちゃったかな。手術前はもっと大きかったもの。退院してからセックスの機会がないのね。私が元のサイズに戻してあげる」

腰が上がるたびに、麗子の愛液が正人の陰茎を伝う。

「いいです、すっごく」

「大きな声を出さないの」

そう言うと自分のさっき脱いだパンティをとり、正人の口につめてしまった。

「どんな味がする?」

「ああ、しょっぱいけど……でも美味しいです」

そうこうしているうちに時計の針は九時二十分を指していた。

純子とのアポの時間が迫ってきている。

今、麗子にこの部屋から出ていってもらわない限り完全に鉢合わせである。

正人は下半身の反応とは別に、焦りを隠しえなかった。

二十五分になる。

麗子はゆっくりとしたピストン運動をしているので、まだイクほどに高まってはこない。

(もうだめだ。純子さんが入ってきてしまう! 早くイッてしまって終らないと)

しかし、ついにタイムアップ。

とうとうその時がやってきてしまった。

純子がドアを開け、仰天する。

「婦長、何してるんです！　正人君とは私が付き合うことになったじゃありませんか。『もう、ちょっかいは出さないから』って言って下さったじゃないですか」

彼女は麗子の体を正人の上から引っ張り起こし、離そうとしたがだめだった。

動物の交尾同然、くっついたまま離れはしなかった。

麗子のイソギンチャクのような穴は予想以上にしつこく、くらいついていたのである。

「やめて下さい、婦長」

「だって正人君の方から私の部屋に挨拶にきたのよ」

「私が、先に、今日の約束をしていたんですから」

「婦長にさからう気？　あなたはそこの椅子にでも座って見ていなさい」

麗子は体の向きを百八十度回転させ、わざと純子のほうを向き、後背騎乗位をとった。

正人は自分の肉棒を覆っている女の膣壁が半周する快感に震えた。

だが、純子の今の気持ちを思い計るとひどくつらかった。

(離れてほしいという気持ちと、せめて婦長の中でなんかイッちゃわないで、という両方の気持ちなんだろうな)

しかし肉棒へのしめつけは続き、正人はとろけんばかりの快感を押しとどめることはできなかった。

麗子は自分のスカートを臍が見えるくらいまで捲り上げると、結合部分があえて純子に見えるようにしながら体を揺らし始めた。

「離れて下さい。お願いだから」

純子がまた声をあげる。

麗子の毛深い草むらの下の正人の袋がくっついているように見えたかと思うと、淫ら汁にまみれた太く卑猥な茎が四センチも五センチも麗子の膣の中から姿を現す。

こうして麗子は純子に堪え難い嫉妬心をたきつけたのである。

婦長には逆らえない以上、純子にできることと言えば、このまま二人がしている行為に加わることであった。

純子が正人にせめてキスだけでもしようと思ったのか、やおらベッドに近づいたが、正人の口はパンティをつっこまれている。

純子はパンティをむしり取ると、それを脇の椅子の上に放った。

そしてベッドに横座りになって、彼の唇を激しく吸った。

正人は、純子が怒ってその場を出ていかなかったことにホッとしただけでなく、こんな別の女性に犯されている最中にも自分にキスをしかけてきてくれたことに感激した。

正人はなされるがままにじっとしていた。純子の柔らかく形のよい唇に続いて、なめくじのような舌がヌルッと口の中に侵入してきた。

正人は否応にも快感を高められる。

純子のキスによって興奮させられているにもかかわらず、それは下半身に呼応してしまい、結果として麗子を喜ばせてしまうことになっている。

「すっごく中がいっぱいになってきたわ。さっきよりも大きくなってる!」

正人には純子のくやしさが手にとるようにわかる。

「正人くん、私にも舌を入れて」

純子が正人に要求する。

正人が、純子の口の中を舐め回し始めると、またしても純子の唾液が染み入ってくる。

純子はもういてもたってもいられなくなったという素振りをし、とうとうパンティとパンストを脱いで、正人の顔の上にしゃがんで性器を押しつけてしまった。

後背騎乗位の麗子の肩につかまるような姿勢である。

正人は幸せだった。久し振りの純子の味だった。

(懐かしい。やっぱりこれだ！　僕の顔の上にはいつも純子さんがいてほしい)

純子の濡れ具合は、正人の鼻の中にまでジュルジュルと汁が入り込むほど凄かった。そして、腰の振りは、麗子を意識していることもあり、もう正人の顔をつぶさんばかりで、彼の唇が捲れ上がり切れてとれてしまうのではないかというほど過激なものだった。

(純子さんのここの匂い、やっぱり最高だ)

正人は陰裂に籠もる小水混りのスルメのようなムアッとした匂いと味とを堪能していた。

鼻が割れ溝に挟まれ、縦に横に揺らされるため、鼻中隔が折れてしまいそうでもあった。

(もう自分の顔は純子さんのここに張りついてしまってもいい。顔の表面を剝がしてここの一部になってしまいたい！)

そこまで考えが及んでいた。ずうっと、こうしていてもらいたかった。

正人は性器全体を、執拗に舐め回した。

大陰唇は脂肪を蓄えていたにもかかわらず、陰裂から中が見えてしまうのはよっぽど使い込んでいるからだと思った。こんなことがわかるようになったのも、退院してから女の体に関する本をずいぶん読み漁ったからである。

小陰唇に囲まれた膣前庭のすべてに対してしっかり舌を平らにあてがい、舐める。しかし純子が体重を完璧に乗せ始めたため、正人の舌は割れ溝に挟まれたまま身動きがとれなくされてしまった。

純子は、腰を激しくグラインドさせながらも、

「婦長！　もう降りて下さい。やめて下さい。それは私がします」

純子は麗子の肩を揺すって、どかそうとする。

麗子はまったく動じる素振りもない。

「私はこの子を今犯しているのよ。くやしかったら、あなただって正人のこと犯したらいいわ」

「したくったって婦長が乗っていたら私できません。どうしてそんな意地悪するんですか？」

「自分でわかるでしょ。私、あなたのこと今までさんざん可愛がってきたのよ。それなのに最近は正人のほうばっかり向くようになったでしょう」

「そ、それは……」

麗子は、やおら純子のほうに向き直り、彼女の髪の毛を摑み顔を近づけると、以前のレズ行為を思い出させるかのように強引に口づけをしてしまったのだ。

「ああ、麗子婦長」

麗子は純子の口を封じつつも、正人への責めをやめなかった。

「この姿勢のままイッちゃったらいいわ」

麗子が荒い息を吐きながら正人に言う。

「えっ、まさか、婦長の前で〝イっちゃう〟だなんて」

麗子の言葉に驚いた純子が声をあげる。麗子はそれを無視して、正人を叱咤する。

麗子は純子の胸を白衣ごしにつかんで揉みだした。

「どうしたのよ。さっきまでの腰の動きは？」

「あっ、やめて下さい、正人君としたまま私の体触るなんて」

純子は前よりも激しく正人の口に自分の性器すべてをこすりつける。

正人の唇は大陰唇にすっぽり覆われ、吸盤に吸いつかれたように、口の自由を完全に奪われてしまっていた。

次第に正人の舌が膣口にめり込んでゆく。

(ああっ、おいしい)

思い切りお尻を押しつける純子に対して、正人も膣口の中で舌が動く限り、抵抗した。陸にあげられた魚の最後の動きのようなグニョグニョとしたあえぎが膣壁を中側から押し広げる。

しかしすでに舌先が酸っぱく痺れていた。

愛液と小水の匂いに、お尻からのほのかな陰臭が混ざって、正人は気が遠くなりそうだった。

純子のあえぎ声もかなり激しくなってきている。

もうここまで来ると、正人は限界であった。

ゆるやかな麗子のマイペースなピストン運動の中で正人は、少しずつ精液を漏らしだしていたのだ。

「あああ、僕イッちゃいます。許して下さい」

前立腺よりももっと深いところから湧き上がってくるものがあった。

「あ・あ・あ……」

正人はとうとう自分から腰を動かして射精してしまった。

麗子は、正人の熱い体液を体の奥に受けたことを知ると、物足りなく思ったが、彼女も腰を激しくグラインドしだした。そして、決して大きくではなかったがやはり達してしまった。

「はあああ……」

麗子の声があがる。

「嫌あ、やめて正人！　婦長の中ではだめよ」

純子が叫ぶ。しかし時すでに遅しであった。

純子は、麗子の肩につかまるようにして、腰をこれまでになく激しくグラインドさせる。

お尻の下から、

「ウグウグ、ううう……」

という正人の呻き声。

クチャ、クチャという音に混ざって純子の声が思い切りあがる。

「あああ、正人ー………」

ついに、純子も麗子に抱きつくようにして、口づけしながら果ててしまった。

しかし麗子は間髪入れずに、

「交替してあげるわ」

といい、陰茎を自分の体から抜くと、純子に上から座るよう言った。

正人のペニスは完全にはしぼんでいなかったものの、麗子の愛液と自分の精液でぬかるみ、多少〝疲れ顔〟をさらしていた。

「舐めて大きくしておやりよ」

純子は、正人の麗子の粘液でヌルついた肉棒を舐め始めた。ジュルッという音がしたかと思うと、チュチュチュチュチューと吸いついていく。茎全体、すべての円周に唇をはわすと、若いそこは再び大きくなってくる。

純子は数分前まで麗子が占めていた場所を自分のものとしてやっと取り戻したのである。正人にとっても、自分の本来の場所を確保できた喜びで、胸が熱かった。

純子は陰裂に正人の復活して硬くなった肉棒を刺し込んだ。

プジュプジュッと入っていくと、奥のほうはいっそう粘液で満ちていた。

連続して女の膣穴に入ると、その差がわかるというものである。

純子のほうが柔らかい。

それがよっぽどの遍歴女であるということをまだ正人は認知していなかった。

純子のグラインドは格別すぐれたものであり、正人の陰茎がもぎりとられてしまうのではないかと思うほど激しかった。

そうしている間にも、麗子は正人の顔の上にしゃがみ、さきほどまで純子がしていたと同じことをしだしたのだ。

麗子は陰核を正人の顔の凹凸という凹凸すべてにあてて高まり始めていた。

「ああっ、ああっ、いいわぁ。気持ちがいいわぁ……」

麗子のあえぎに対抗せんばかりに、純子も、

「私も凄くいいわぁ」

と、気持ちよさを体全体で味わい、表現していた。

2

二人の二重唱がいよいよ部屋中に響き渡ってきた頃、事態をいっそう複雑にするようなことが起きた。

一人でナースステーションに残っていたミサが、妙な声が特別室のほうから漏れているのに気づいて、この部屋にやってきてしまったのだ。

ドアが開けられる。

目の前に展開しているのは、二人の看護婦が少年を凄惨に犯しているシーンであった。

「な、何をしているんですか？」

啞然とするミサ。

それ以上の言葉はみつからなかった。

「見ての通りよ。可愛がってるのよ。あなたもいらっしゃい。あなたにも、この子を〝折檻〟する権利があるのよ。私はあえて問題を大きくしたくなかったからあなたには言わなかったけど、パンストが盗まれる事件が起きた時、犯人はこの子だったんだから」

麗子はこの期に及んでそのことをしゃべってしまった。

「え、なんですって」

ミサは何がなんだかわからなかった。

「それだけじゃないわよ。あなたが山田先生と病院の中でイチャイチャしているところも見たって話してくれたわ」

ミサは覗き見されたり、盗みを働かされたことを知り、愕然とした。そして、

「正人君、本当なの」

と詰め寄った。

麗子は正人の悪行をミサにも細かく説明した。彼女も納得したのか、自分も折檻に加わりたいと言い出した。

「好きにしなさい」

しかし純子は、

「もうすべて許されたはずです」

と、正人を弁護した。すると麗子が言う。

「でもミサさんの気持ちは収まらないじゃない？」

純子は返す言葉がなかった。

「ミサ、なんでもいいわよ。お仕置きしてあげなさい」

麗子が命じる。

「ええ。でもちょっとその前に、私トイレに……」

「オシッコしたいんだったら、正人のとこでしたらいいわ。なんだったら仕返しに体にかけちゃったっていいのよ」

ミサはためらった。なんとその日彼女は生理だったからだ。

「でも私、今アレだから」

「じゃあ、なおいいじゃない」

純子は上下運動が結構続いているのでイきそうになっている。麗子も特に正人の鼻の頭が陰核にこすれるのがたまらなく、まもなく達しようとしていた。

「ああん」「ううん」と、二人の声が獣のように呼応しだす。

その場の雰囲気に圧倒されたのと、盗みと覗きの件で怒りが込み上げてきたミサは、純子と麗子の二人が正人を今はじめて折檻していると思い込み、だったら自分も被害者なのだからと、この凄惨な色仕置に加わる気になってきていた。

二人が正人の体に乗っているため空き面積がないためにミサは最初どうしていいのかわからないでいたが、空いている手や腕を抓ったり捻ったりして、正人への攻撃をかけはじめた。しかし顔と性器への責めが凄すぎて、正人にとってはミサがしていることは蚊に刺されているようなものだった。

やがて麗子は正人の顔に全体重をかけ、擦る。

「あっあっ、いいわぁ。ああっ、ああっ、あああ……」

かなり声高に喘いだかと思うと、麗子は再び達してしまった。

彼女が顔から股を放すと、正人の顔はあたかも愛液でパックしたかのようにペトつき、おまけに口からヘアが一本飛び出していた。毛深い麗子から抜け落ちたものが正人の歯に挟まってしまったに違いなかった。

麗子がベッドを降りると、入れ替わりにミサが上がる。そして、今までの二人と同様に正人の顔に性器を押しつける。

正人のすでにベトベトの口の周りが、今度はタンポンの紐がチロッと見えている性器で覆われる。鉄分の強いすえた匂いが正人の鼻孔を刺激する。

麗子は、ミサに正人の口の中に排尿してしまうよう命令し、正人の口を強引に開けさせる。

「いいんですか、そんなことして」

不安そうなミサを尻目に麗子は、

「もっと口を大きく開けなさい」

と、正人に向かって声をあげる。

純子は、

「やめてミサ、それだけは」

と、叫ぶ。麗子は、

「婦長の命令よ。私が許可したことはなんでもＯＫなのよ」

看護婦がいくら仕事で〝小水〟という物に慣れていて、免疫があるとはいえ、ミサは男に自分のを飲ませてしまったことなどなかったので当惑の限りだった。

それでも、くやしさも手伝って、尿意を尿口に集めていった。

やがてツーッと前の方に液体が出かかると、うかつにもミサは、小水を正人の髪の毛のほうにピュッと飛ばしてしまった。

あわてて位置を立て直すと、今度は目にシャーッとかかってしまった。ミサの小水は鼻にも入り込み、グフッ、グフッと正人をむせかえらす。

やがてポジションが決まると、正人の口の中にジョジョジョジョジョーとレモン色の小水が流し込まれていった。

ゲホッ、ゲホッ。

正人が激しく咳をする。

「いやああ。そんなあ」

純子が声をあげる。

正人はこの時、小水にも飲みやすい、飲みにくい、があることを初めて知った。

(僕はやっぱり純子さんのがいい！)

純子はもう涙でくしゃくしゃになりながら腰を激しく動かした。すると、猛烈な高波が押し寄せてきた。

「はあ、はあああ、すごいわ。いいいい」

正人の息もバクバクだ。

「気持ちがいいで……す。もう我慢が、がまん……が」

「いいのよ正人君。イキなさい。私ももうだめよ……」

「ああう……」

「ううん。すごい。ハァァア、あああぁ……」

「僕、イッちゃう、イッちゃう……ううっ、あああ……」

激しく熱いものが純子の中に排出された。

「アアアア……」

純子も深く達してしまう。

凄く大きなうねりが二人を包み、ほぼ同時に強いエクスタシーの中で二人の頭の中は真っ白になっていた。

五分ぐらい正人の体の上で息が静まるまでの時を過ごすと、純子は精液を膣から垂らしながらも正人のふやけた陰茎を抜いた。

それを見ていた麗子は淫乱にも、正人のベチャベチャの陰茎をまるでアイスキャン

ディを舐めるがごとくにペロペロ舐めて、

「美味しいわ、美味しいわ。もったいないじゃない、こんなに垂らしちゃって」

麗子は雌の獣同然に、動物舐めを続ける。

「今イッたばかりなので、そんなにはげしく舐めたり吸われたりしたら変になってしまいます」

しかし麗子に遠慮はない。

「正人君、病院で何人の女の人にお仕置きくらったの？　どお、今度は自分からセックスとかやってみない？　女の子を犯《や》るってこともお勉強しなくちゃ。いい練習台がここにあるわ。ミサのこと相手に、してごらんなさい」

と言い、ミサに矛先を向けた。

すると、達した余韻に今までひたっていた純子が、

「イヤ！　もういいでしょ」

と、激しい嫉妬心を露にした。

麗子は純子の言葉など聞いていない。

「正人君、あなたは自分からはできないのかしら？　もし、くやしかったらミサのこと犯っちゃってごらんなさいよ」

麗子はミサを小水で湿ったベッドに斜めに横たわらせる。

そして正人のペニスを再び口に含むと、クチュクチュっと舐め回し立たせてしまう。

そして横になっているミサに上から覆いかぶさるように指示した。仕置きの続きではなかったはずにもかかわらず、正人は無抵抗であった。

正人は麗子の言うがままに、まだしたことのない正常位でミサの中に入れようと試みる。しかし入れる位置がわからない。麗子が正人のペニスを握って手伝う。

純子がやめさせようとする。

「お願い、それだけは……」

麗子がそれを遮る。

「私に逆らえるって言うの。今後のことはすべて私が仕切っているのよ」

純子にきつい一喝が飛ぶ。どうしようもなかった。

正人は初めて、仰向けに寝ている女の上に乗るようにして、ついに挿入したのだった。

ミサの陰裂は、すでにいやらしくもネチャついていた。

「ほら腰を動かしなさい」

麗子が正人の尻を両手で摑むと前後上下に揺らしはじめた。

不思議な光景であった。

ミサは正人のか弱いピストン運動にもかかわらず、「ハアハア」と声を出している。

初めての体位のせいか、正人はコントロールできずに昂まりがすぐやってきてしまった。

しかしまだ腹部が痛いので押し込めない。ピストン運動のみだ。

「ああ。またイッちゃいます」

純子はいくら婦長の命令でも、自分よりも若いミサと正人がしていることに耐えられなくなり、とうとう強引に二人を引き離そうとした。しかし、力のある麗子は腕ずくで純子を阻止した。

「あああああ。またイッちゃいましたあああ……」

正人のその声と共に、純子はヘナヘナと床にヘタリこんでしまった。

「いやあ……どうして?」

純子は涙ぐんでいた。

正人は麗子の前で、主体性も自分の考えも何も失っていた。ただただ圧倒され、なす術もなく精神的にも支配されていた。純子のことが大好きであるにもかかわらず、麗子の言葉にも逆らえない。まさにインモラルな性奴と化していたのである。

若い正人はこうしてたて続けに何度も射精させられた。そして正常位でことを成し遂げたのだった。彼の息はハアッハアッとまだ荒い。

少ししてペニスを抜くと、血液混ざりのピンク色になり変わった精液がミサの膣の中からダラーっと流れ出た。

麗子は、

「正人君、どお？　正常位でやった感じは？　少しは大人になったんじゃない？　しかも純子の前で」

と、婦長の威厳を取り戻してそう言った。そして、純子の目を見ながら真顔で、

「純子、二人の交際を認めてあげる。いいわよ、付き合って！　正人は純子に譲ってあげる」

そうきっぱり言いきってみせた。純子は安堵の表情を覗かせつつ、コクリとうなずく。

しかし麗子は、指先で正人の鈴口についたトロミを拭っては口に運び、名残惜しそうに舐めている。すると、うなだれていたはずの肉茎はみるみるうちに膨らみはじめ、その先端の艶光りした若い鎌首は、正人の意志とは関係なく頭をもたげ始めていた。

するど麗子は、

「あらあら、また大きくなってきちゃってるじゃない？　あなたのここは、どうしてそうやって何度も何度も屹っちゃうの？　終わり知らずなんだから。今までに何回イったと思ってるのよ？　そんなんだったら、体の中の水分がなくなっちゃうまで、体液っていう体液をすべて絞り取っちゃうから！」

そう声高に叱りつけながら彼女は、またしてもその肉棒にくらいついてしまった。

「婦長、そんなのいや！　〝私に譲る〟って今言ったばかりじゃないですか？」

純子は当惑して声をあげた。

「譲るわ。でも最後にもう一回だけ、いじめちゃうの」

「いやです。正人は〝私の物〟！」

「これっきりだからしゃぶらせて」

純子は麗子の握っている正人の陰茎を横取りしようとする。しかし先端が麗子の口の中に入っているので取れない。

そこにミサが加わり、三人は先を争うようにして下半身にまとわりつく。

麗子は陰茎の先端を口にしっかり含んだままだ。純子は麗子に独占されまいと、茎の根本と玉袋のあたりを舐めだす。

すっかり出遅れたミサは、

「私にもさせて。私だって、私だって……」

と、涙目になりながら正人の体を愛撫するのみだったが、耐えかねたのか、二人の顔の間に割って入り、正人の肉塊のおこぼれにあずかろうとしはじめた。

その光景は、一匹の鹿の肉に群がる三匹の雌トラたちを想起させるものだった。一つの肉塊を大勢で舐め、嚙み、引きちぎる獣たちさながらである。

麗子が婦長らしくイニシアチブをとって手でしごき出すと、正人の痙攣が始まり、麗子の掌にまでその脈動が伝わり出した。

正人の中でまたしても熱い血潮が上がってきていた。

正人は自分の上半身にはなにもなく、その一ヵ所だけに三人の女が群がっているのを奇異に思いながらも、立ち上る潮をどうすることもできなかった。四回目の射精である。

女三人は「美味しいわあ。いい味よお」「もうやめてー」と、わめき立てながら、たった今噴き出たばかりの生温かいカルピス汁を、ピチャピチャ、ピチャピチャ代わるがわる舐めすすっていった。

3

朝になっていた。鳥のさえずりで目がさめると、目の前に多摩川がたっぷりと水をたたえて流れていた。対岸まで渡されている橋の上の車の流れは活気を感じさせた。列車が警笛を鳴らして陸橋を渡っている。

(ああ、ここは病院だったんだ)

正人は最初の外来の日に〝泊まり〟までしてしまったわけだ。しかも最高級の特別室に。消耗が激しく、いつしか寝てしまった正人のことを、看護婦たちがベッドに寝かせてくれたのだった。

シーツも取り替えてくれたのだろうか？　濡れていなかった。

(やっぱり白衣の天使だ)

昨夜のことが夢のようだった。

麗子は特別室をあとにすると、婦長室に戻り、どうやらその後はすぐに帰宅してしまったようだった。

ミサと純子は夜勤に戻ったということが後でわかった。

朝、特別室には患者などいないことになっているので、その報告は看護日誌に書かれてはいない。また、二人してナースステーションを空けていた時間があったなどというのも、記されてはいない。九時過ぎてナースコールしそうな患者がいないのを見越してのこととはいえ、極秘の話だった。

日勤の看護婦たちが出勤してくると、二人はバトンタッチとなる。

仕事を終えた純子がそっとやってきた。

白衣姿ではなかった。一瞬、正人にはそれが誰だかわからなかったぐらい雰囲気が違っていた。今まで以上に美しい女であった。化粧も勤務時の倍ぐらい濃く、黒の丈の短いワンピースは白衣よりも威嚇的ですらあった。プアゾンの香水の香りがする。

「支度はできてる？　この部屋に泊まってたことが日勤のナースたちに知られないうちに出ないと」

正人は純子に誘われるままに部屋を出、そして共に玄関ロビーに行く。

「私ねえ、婦長に言われたの。『ちゃんと正人のこと面倒みてあげなさい』って。だってあなた、知らないことが多すぎるんだもの。体だって全然開発されていないし。それに私もあなたみたいな子を教育したくてしょうがなかったのよ」

正人にはそれが教育ではなく調教であることぐらいわかっていた。

「今のままじゃ他の女の人とだって本当の意味での『大人の性行為』はできないわ。まだ腹圧がかけられないしね。私たちは看護婦だから丁寧にしてあげてたのよ。今の正人、腰使って女の人を激しく攻めるなんてことはできないし、私だって上から思いきり体重かけられないわ。あなただって突き上げれないでしょ。そういうのみんな私が少しずつできるようにしてあげるから」

正人は純子に一切を託す決心をしていた。入院中にすっかり受け身のマゾヒズムに目覚めさせられ、その自虐的快感にはまっていった正人のことを誰よりもよく知っていたのは純子なのだから。

「他の看護婦さんたちは、もう僕にちょっかい出してくるようなことありませんか?」

「大丈夫よ。婦長は私に今度こそ『正人のことはもういいから』って言ってくれたし、ミサは私の後輩。生意気は許さないわ。だからこれからは正人は私だけの物なの。わかった?」

純子は正人に丁寧な口づけをした。

あらゆる検査を受け、正人の肉体には精神的なこと以外にはとくに所見はなかったわけだし、ヘルニアも治った。この手術自体さらに通院する必要のあるものではないので、もはや正人がこの病院へこれ以上足を運ぶことは考えられなかった。

（あるのは、純子との生活だけだ）

まだ夏休みも一週間ある。正人は、学校が始まるまでの日々を純子のもとで送ろうとしていた。

そして心の中で、純子の要求すべてを受け入れようと誓っていた。

玄関口を出るとタクシーが待機している。

二人して乗り込むと、純子が行き先を告げた。

「登戸まで」

（登戸の人だったんだ。病室の夜景の中の一光が、もしかしたら純子の家の明かりだったのかもしれない。これから純子さんの家に行くんだ！）

正人はときめいた。

車が発進するやいなや、早速純子の手が妖しく動きだし、やがて正人のズボンの前の部分に早くも到達した。

入院中さんざん降っていた雨が嘘のような、青空がどこまでも澄み切った清々しい夏の日であった。

◎本作品は『看護婦と少年　童貞病棟』（一九九九年・マドンナ社刊）を加筆修正（「看護婦」「婦長」に関しては、原本の表記と同じにしています）及び改題したものです。内容はフィクションであり、登場する個人名や団体名は実在のものとは一切関係ありません。

二見文庫

誘惑病棟《ゆうわくびょうとう》

著者　嶋《しま》 克巳《かつみ》

発行所　株式会社 二見書房
東京都千代田区三崎町2-18-11
電話 03(3515)2311 [営業]
03(3515)2314 [編集]
振替 00170-4-2639

印刷　株式会社 堀内印刷所
製本　村上製本

ISBN978-4-576-08100-7
http://www.futami.co.jp/